二学期最初のイベント
声ダセェッ
ドーン
体育祭
バカとテストと召喚獣 7
土屋康太
(ムッツリーニ)
Kouta Tsuchiya
その体育祭の開催が
もう目前にまで迫っていた

ちょっと休憩しましょうか
島田美波
Minami Shimada
あ はい 美波ちゃん
姫路瑞希
Mizuki Himeji
応援合戦の練習というものも
存外疲れるものじゃな
それにしても瑞希は随分と頑張るわね
そうじゃなまだ練習じゃというのに
いえ そんな……
木下秀吉
Hideyoshi Kinoshita

でも
無理しなくていいのよ？瑞希は身体が弱いんだから
あ　いえ　私は運動が苦手ですから
せめてこれくらいは
ううん
瑞希は絶対に無理をしちゃダメ
でも
だって瑞希が無理をすると悲しむ人がいるんだから
……美波ちゃん……

本当に
だーー
凄く悲しいんだからぁっ!!

ところで
明久君と坂本君は
どうしているんで
しょうか
アイツらなら
また二人で
野球の練習を
しているみたいよ
カキーン
ワー
ワー
ふむ
まさに
〝夫婦〟じゃの
ふ
夫婦って……
一応
野球のピッチャーと
キャッチャーの関係を
そう言うらしいわね
うむ
ちなみに姉上の
持っている
妖しい本には……

雄二……
明久……
吉井明久
Akihisa Yoshii
坂本雄二
Yuuji Sakamoto
お前の球は
俺が全て受けてやる
僕は雄二のリードに
全て従うよ……
だから
……うん

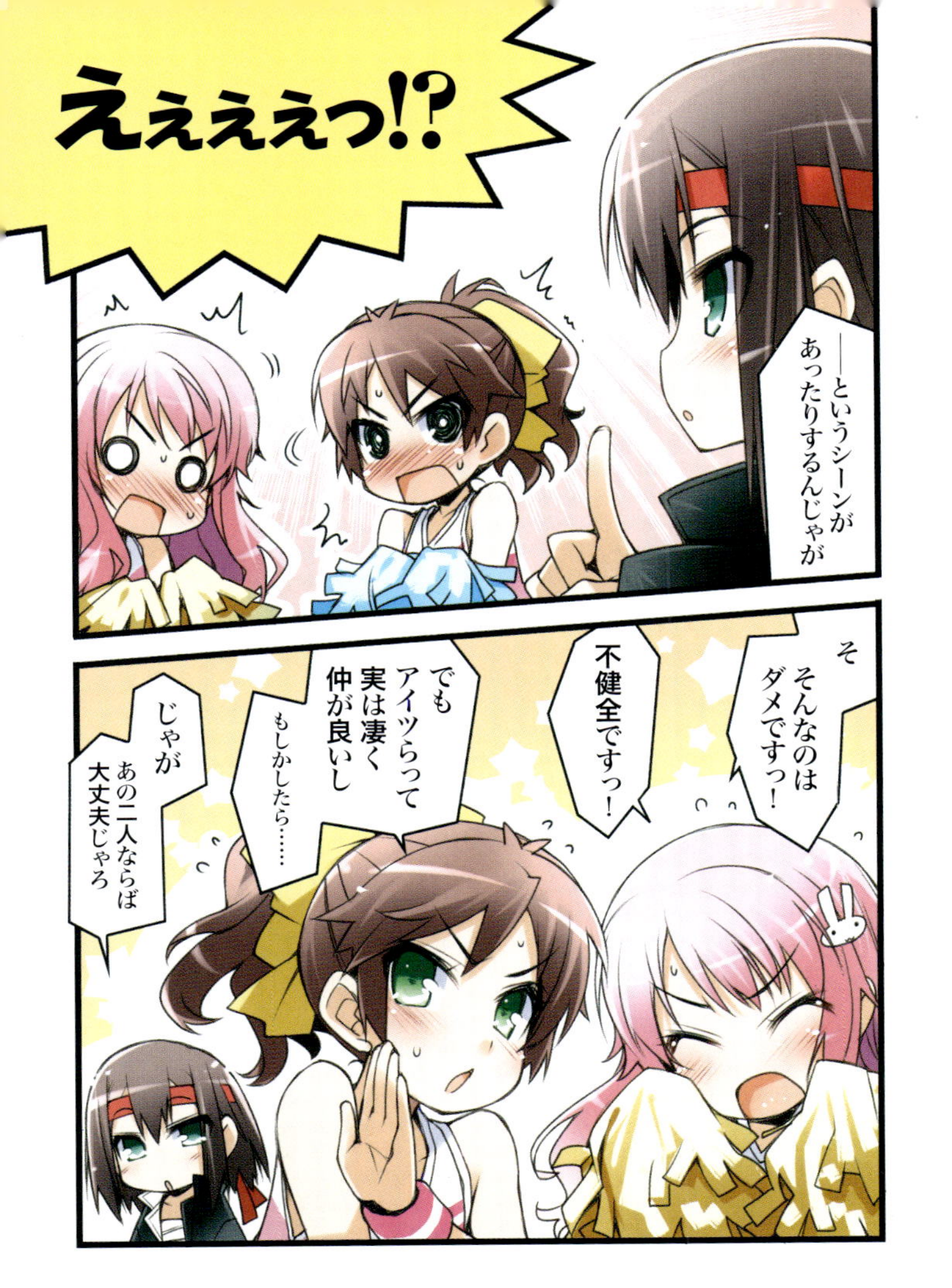
ええええええっ!?
――というシーンがあったりするんじゃが
そ　そんなのはダメですっ!
不健全ですっ!
でもアイツらって実は凄く仲が良いしもしかしたら……
じゃがあの二人ならば大丈夫じゃろ

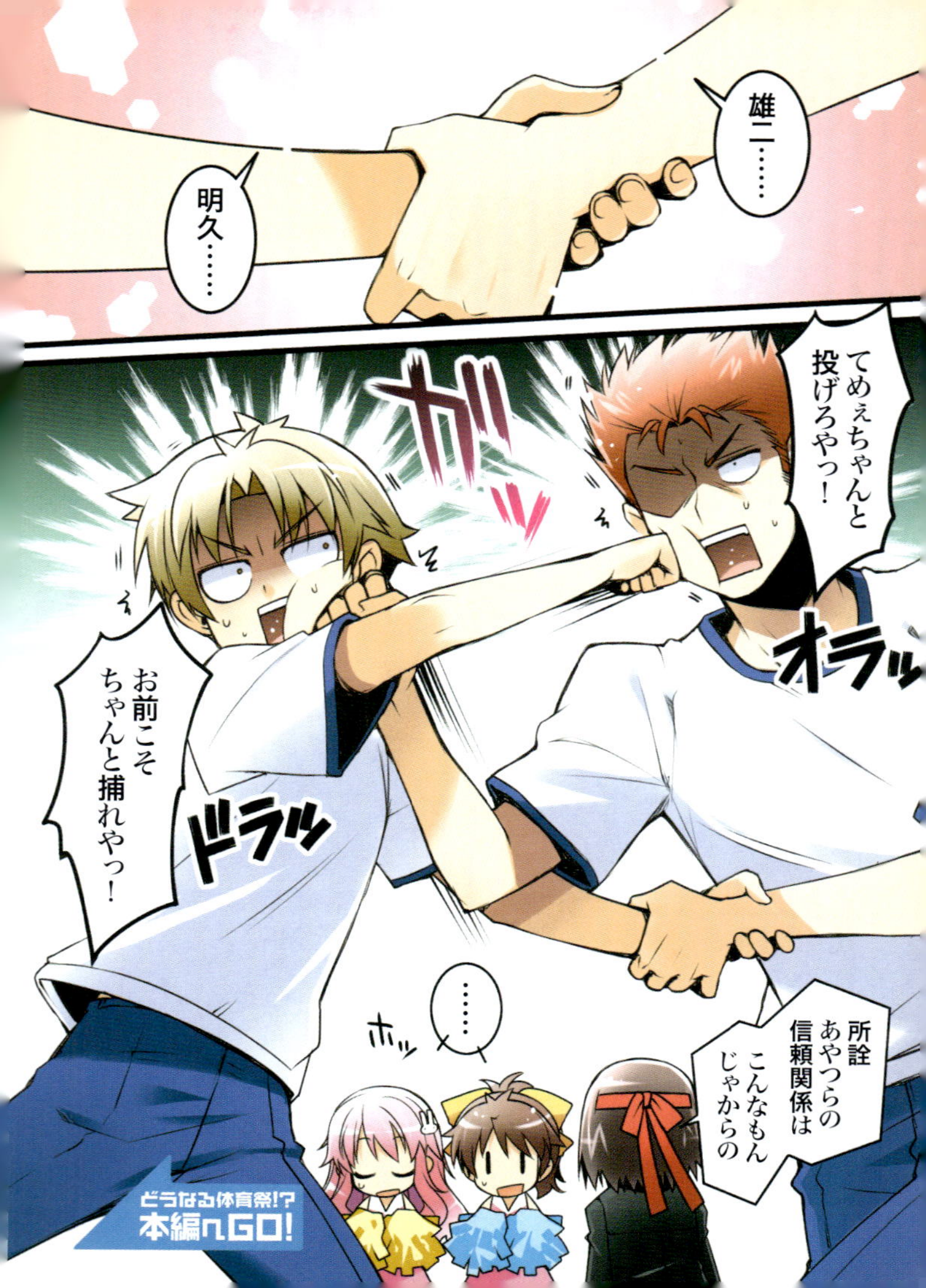

雄二……
明久……
ガッ
てめぇちゃんと投げろやっ!
オラッ
お前こそちゃんと捕れやっ!
ドラッ
……
ホッ
所詮あやつらの信頼関係はこんなもんじゃからの
どうなる体育祭!?
本編へGO!

# バカとテストと召喚獣7

井上堅二

FB
Famitsu Bunko
ファミ通文庫

口絵・本文イラスト／葉賀ユイ

# バカとテストと召喚獣 7

# CONTENTS

バカとテストと召喚獣　目次

「翔子《しょうこ》」

「…………………」

「翔子」

「…………………」

「おい翔子」

「……………あ……。ごめんなさい。何、雄二《ゆうじ》？」

「出せ」

「……えっと……多分、無理」

「無理じゃない。いいから出して、こっちに寄越すんだ」

「……でも……」

「でもじゃない。早く出せ」

「……でも……まだ、妊娠してないから……」

「待ってくれ。今会話に必要なステップが凄い勢いで飛ばされた気がする」

「……？？？」

「なんでそこで疑問顔ができるんだよ……。お前は俺が何を出せと言っていると思ったんだ？」

「……母乳《ぼにゅう》」

「オーケー。主語述語じゃなくて、問題なのはコミュニケーション能力だということがよくわかった」

「……違うの？」

「違いすぎる。一体何を考えていたらそんな答えが返ってくるんだ」

「……結婚後の、私たちの家庭について考えてた」

「そうか結婚後の家庭か。なるほどな。それならあんな返事が返ってきてもおかしいだろやっぱり」

「……雄二と二人で、子供は何十人欲しいか話し合っているところだった」

「言っておくが、議論する人数の桁《けた》が一つ多いからな」

「……雄二は三十七人がいいって言うけど、私は三十八人がいいって喧嘩をして」

「もうその辺までいったら一人程度の違いは容認しろよ」

「……仲良し夫婦でも譲れないものがある」

「あー、はいはい。さいですか」

「……それで、母乳じゃないなら何を出せって言ってたの？」

「その台詞《せりふ》だけ聞かれたら俺はかなりの変態野郎だよな……」

「……変態を雄二扱いするなんて、許さない」

「お前が原因だ！　ってか俺と変態を言う順番が逆だろ⁉　それだと変態を擁護《ようご》してるじゃねぇか！」

「……それで、何？」

「そこは気にせず流すのかよ……。まぁ、面倒だからいいが……。俺が出せって言ったのは、お前が後生大事に抱えているそのデカい袋だよ」

「……これは、別に何でもない」

「翔子。お前の為に指輪を買ってきた。手を出してくれ」

「……嬉しい」

「よっと。全く、指輪って言われて躊躇《ためら》いなく左手を出すあたりが、恐ろしいというかなんというか……。えーっと、どれどれ中身は……ウェディング雑誌に、催眠術の本に、犬のしつけ方の本――ちょっと待てコラ」

「……返して」

「誰が返すか！　俺の身の安全の為に、これは預かっておく！」

「……困る。久保《くぼ》に貸してあげる約束をした本もあるのに」

「――と思ったが、約束を破るのは良くないな。返してやろう」

「……本音は？」

「明久《あきひさ》の身に面白いことが起きそうだから多少のリスクには目を瞑ろう」

「……雄二は、時々酷《ひど》い」

「何を言うんだ翔子。俺はアイツの幸せを考えてやっているんだぞ」

「……じゃあ、私も雄二と築く幸せな家庭について考える」

「そこは考えなくても良い。むしろ考えるな」

「……まず始まりは、雄二のプロポーズ……その次は告白……」

「おいコラ聞いてるのか？　とりあえず、告白とプロポーズの順番が逆だからな」

「……結婚式……新婚旅行……」

「ダメだ……。まったく聞いてねぇ……。トリップしてやがる」

「……幸せな夫婦生活……甘い蜜月《みつげつ》……」

「あ。そういや、お袋からお前に渡しておくよう頼まれた物があったんだよな。確か、端のほつれた部分を直しておいた、だかなんだかって」

「……おめでた……一人目の出産……」

「おい翔子。この袋の中に入れておくからな」

「……名前はしょうゆ……女の子……」

「おい。聞いてるのか？」

「……綺麗なお家……走り回っている子供……可愛い首輪をつけた犬……」

「まぁいいか。んじゃ、入れておくぞ」

「……そして、鎖につながれた雄二……」

「その家庭絶対幸せじゃないからな⁉　特に俺が！」

「……あ。ごめんなさい。考え事をして……。何か、言った？」

「幸せな家庭の定義とか、俺の寝床は犬小屋なのかとか、そうしたら犬はどこで寝るのかとか、色々と言ってやりたいことはあるが……とりあえず、ほれ」

「……あ。返してくれてありがとう」

「ちゃんと久保に渡してやれよ？」

「……放課後になったら、そうする」

「ああ。久保も明久も、きっと喜ぶだろうからな」

「……吉井《よしい》が？　なんで？」

「色々とあるんだよ。そっちの方も」

SHOUKO KIRISHIMA

バカテスト
世界史

# 【第一問】

**次の文章を読み、問に答えなさい。**

19世紀の終わり、ドイツの宰相は世界最初の社会保険制度を創設し、貧困者たちの救済を図った。また、この救済と同時に、社会主義者鎮圧法を制定した為に、この政策は『（　　　）とムチの政策』と呼ばれた。

問1　傍線部の当時のドイツ宰相の名前を答えなさい

問2　（　　　）に当てはまる単語を答えなさい

**姫路瑞希の答え**

『問1　ビスマルク

問2　（　アメ　）とムチの政策』

**教師のコメント**

正解です。ビスマルクは政策として、社会保険制度をご褒美——つまり〝アメ〟として民衆に与え、一方で社会主義者鎮圧法という〝ムチ〟で人々を叩いたというわけです。甘やかすだけでもなく、叩くだけでもない。政治のみならず、様々な場面で用いられる手法ですね。

**土屋康太の答え**
『問１　エリザベス』

**教師のコメント**
ムチ　↓　女王様　↓　エリザベス女王
最近君の考えが理解できるようになって、先生はとても複雑な気分です。

**吉井明久の答え**
『問２　（　ムチ　）とムチの政策』

**教師のコメント**
叩きすぎです。

KOUTA TSUCHIYA

目の前で腕を組み、静かに僕らFクラス生徒一同を見ている鉄人《てつじん》——つまり担任の西《にし》村《むら》先生を相手に、クラス代表である坂本雄二《さかもとゆうじ》は、諭《さと》すようにゆっくりと語りかけた。

「西村先生。知的好奇心を育《はぐく》むには、具体的な目的が必要だとは思わないだろうか」

相手の目を真っ直ぐに見つめ、耳だけではなく、心に届くように言葉を紡《つむ》ぐ雄二。

鉄人は何の言葉も返さず、じっと雄二が続きを語り出すのを待っていた。

そんな相手の態度に満足したかのように笑みを浮かべ、雄二が更に言葉を続ける。

「古今東西、科学技術の発展の裏側には、必ず戦争の影が存在した。鉄が生産されたのは工業の為ではなく剣《けん》や鎧《よろい》を作る為であり、馬が飼育されたのは農業の為ではなく騎兵の生産の為だ。近代で挙げるとしたら、核技術開発の発端だって戦争だと言えるだろう」

「…………」

鉄人は何も言わない。

「科学技術の発展という明るい結果が生まれる背景には、人類同士の戦争という暗い過程が存在し続けてきた——とまで言うと、流石《さすが》に言い過ぎかもしれない。しかし、戦争という危険だが明確な目的を持つと、その度に科学技術は飛躍的に発展を遂げてきた。これは残念ながら紛れもない事実だ」

「…………」

鉄人は何も言わない。

「本来、科学技術の発展というものは知的好奇心を原動力として発生する。それは古代だろうと現代だろうと、どのような時代であっても変わらない」

「……………………」

「だが、その原動力がより効率的に結果に結びつくのは――過去の事例を見る限り〝戦争の勝利〟という闘争本能に根ざした〝具体的な目的〟が存在する場合が多いと言える」

「……………………」

「別にだからと言って戦争が必要であると言っているわけじゃない。戦争というものは多くの死者を出し、それは同種族を殺すという、生物にとっては本能に逆らう最大のタブーを犯し続ける愚行そのものだ」

「……………………」

「だが、それが愚行であっても、そこから学び取れることだって少なからず存在する。それは、『知的好奇心は具体的な目的を持つことで、より良い結果へとつながり易い』という事実だ。――ここまで言えば、あとは先生にはわかってもらえるはずだが」

雄二がそこまで言うと、鉄人はここで初めて反応を見せた。

「坂本。お前の言わんとしていることは伝わってきた。確かにお前の言う通り、知的好奇心は目的の有無でその在り方が変わってくる。それはその通りだ。……だが――」

鉄人が腕組みを解き、僕ら全員にはっきりと告げる。

「――だが、没収したエロ本の返却は認めん」

「「「ちくしょぉおおーっ!!!!」」」

僕らFクラス男子一同は、鉄人の無慈悲《むじひ》な言葉に涙を流して絶叫した。

新学期早々、眠い目を擦《こす》って必死に登校してきた僕らを出迎えたのは、非情とも言える教師陣の抜き打ち持ち物検査。抵抗する暇さえ与えられず取り押さえられた僕らは、せめてもの抵抗で鉄人に没収品返還を要求する演説を行っていた。

「どうしてですか西村先生！　さっきの雄二の演説を聞いたでしょう⁉　僕たちが〝保健体育〟という科目の学習に対する知的好奇心を高める為には、〝エロ本の内容の理解〟という本能に根ざした具体的な目的が必要なんです！」

「学習しなければ理解できんほど高度なエロ本を読むな。お前は何歳だ」

「何歳だ、なんて！　知識を求める心に年齢は関係ないはずです！」

「よく見ろ。思いっきり成人指定と書いてあるだろうが」

ぐうぅ……っ！　ああ言えばこう言う教師め……！

『お願いします、西村先生！　僕らにその本を返して下さい！』

『僕には——僕らには、その本がどうしても必要なんです！』

『お願いです！　僕たちに、保健体育の勉強をさせて下さい！』

『西村先生、お願いします！』

『『お願いします！』』


「黙れ。一瞬スポ根ドラマと見紛うほど爽《さわ》やかにエロ本の返却を懇願《こんがん》するな」

クラスの皆の心を込めたお願いも鉄人には届かない。なんて冷たい教師なんだろう。

「それなら先生。こう考えてみては貰えませんか」

「だからなんだ吉井《よしい》。これ以上は下らない演説に割く時間はないぞ」

「アレはエロ本じゃなくて、保健体育の不足部分を補っている参考書だと」

「全員きちんと準備をして授業に臨むように。朝のＨ　Ｒ《ホームルーム》を終わる」

とりつく島もない。このままだと僕らの貴重なお宝《エロ本》が……！

「ええい！　こうなりゃ実力行使だ！　僕らの大事な参考書の為、命を懸けて戦うんだ！」

「「「おおおーっ!!」」」

立ち上がって皆で鉄人を取り囲む。この人数差だ。いくら相手が人外の化け物でも、僕らが負けるはずがない！

「ほほぅ……。キサマら、良い度胸だな」

そんな危機的な状況でも、一切の動揺を見せない鉄人。

「全員、かかれぇーっ！」

「「「うおおおぉぉーっ！」」」

恨み募る怨敵《おんてき》に対し、僕らFクラス男子一同は拳《こぶし》を固めて飛びかかった。

☆

「あの野郎……。絶対人間じゃねぇ……」

先ほど熱弁をふるっていた僕の悪友、坂本雄二が苦々しく呟《つぶや》く。体格も良く、喧嘩慣れしているはずの悪友は、一本背負いで強《したた》かに叩き付けられた腰をずっとさすっていた。

「だよね……。どうして四十七人の男子高校生を相手にして、たった一人で戦えるんだろう……」

召喚獣を喚び出す間もなく僕は肩固めで悶絶《もんぜつ》させられたし、周りで倒れているクラスメイトたちは足払いや巴投《ともえな》げ、更には腕ひしぎなど、様々な柔道技で徹底的に潰《つぶ》されている。この人数を相手に、しかも怪我《けが》をさせないように手加減しながら戦うなんて、鉄人はどう考えても普通じゃない。トライアスロンをやっている人って誰もがあんなに強いものなんだろうか。

「………あの動き、人間兵器のレベル」

　同じくクラスメイトのムッツリーニこと土屋康太《つちやこうた》が肩を落としている。二つ名からもわかるように、エロを原動力として生きているような男だ。エロ本没収という辛苦《しんく》は誰よりも堪《こた》えていることだろう。ちなみに、ムッツリーニはスタンガンを構えて特攻し、一瞬で武器を奪われて自分がその電撃で沈んでいた。動きの素早いムッツリーニから武器を奪うなんて、武道の達人でもなければ難しいはずなのに。

「アンタらって、こういう時は凄い結束力を発揮するわよね……」

　呆れ顔で僕らを見ているのは、Ｆクラスの数少ない女子の一人、島田美波《しまだみなみ》さんだ。ポニーテールやすらりと長い手足や、ちょっと人より平らなある部分が特徴の女の子なんだけど……あまりそのことに触れると怪我が増えるからやめとこう。これ以上の責め苦を受けたら日常生活に支障が出るかもしれない。

「凄い結束力って、そんなに統制が取れてた？」

「統制っていうか……どうしてクラスの男子全員が、一人残らずその……ああいう本を、学校に持ってきてるのよ……」

　言いながら、美波の顔が少しだけ赤くなる。僕らの没収された本の表紙とかが目に入っちゃっていたんだろう。

「まぁ、それは色々と男子の事情があるんだよ」

「あんな本を全員で持ってくる事情って一体……？」

よりによって夏休み明け直後のこの時期。ムッツリ商会主催の『収穫報告祭（夏）』のタイミングで持ち物検査を仕掛けてくるなんて。もしや、教師側も何か情報を掴んでいたんだろうか。水面下で動いているこのイベントを事前に察知するなんて、向こうの情報網も侮《あなど》れない。

「でも、没収されたのは仕方がないと思います。その……ああいう本は、明久《あきひさ》君たちにはまだ早いと思いますから……」

と、こちらは我らがFクラスの数少ない癒《いや》し系《けい》の女の子、姫路瑞希《ひめじみずき》さんだ。ふわふわした髪や雰囲気や、ずっしりとした身体の一部分にマイナスイオン効果があるのではないか、と学年中で専《もっぱ》らの噂だ。そんな彼女の声のおかげで、このうちひしがれた気分が少し紛れてくれたんだけど……。

「うぅ……。そうは言っても、やっぱり納得がいかない……」

僕の秘蔵の写真集が……！　折角あの姉さんの捜索の目すら逃れて生きながらえていたというのに、よりによってノーマークだった学校で没収されるなんて……！　僕にとっての安息の地はどこにもないのか！

「持ち物検査なぞ、久しくなかったからの。油断するのも無理からぬことじゃ」

同じくＦクラスの癒し系の異性である秀吉《ひでよし》が、僕らを慰めるように声をかけてくれる。細い手足に、サラサラの髪に、可愛らしい顔。本人はしきりに自分のことを男だと言い張っているけど、そろそろ現実と向かい合っても良い頃だと思う。

「確かに凄い不意打ちだったわね。ウチも細々《こまごま》としたものを沢山没収されちゃったわ。ＤＶＤとか、雑誌とか、抱き枕とか……」

「そうですね……。私も色々と没収されちゃいました……。ＣＤとか、小説とか、抱き枕とか……」

なんだろう。一般的な女子高生の持ち物として相応《ふさわ》しくない単語が聞こえた気がする。

「なんだ。姫路や島田も没収されてたのか。んじゃ、秀吉もか？」

「うむ……。演劇に使おうと思っておった小物の類なのじゃが、運悪くその小物が携帯ゲーム機などでの……」

苦々しく秀吉が呟く。

そう言えば、秀吉が今度やる演目は現代物だって言ってたっけ。前に没収された時は衣装の類でもダメだったんだから、ゲーム機ともなればその返却は絶望的だろう。

「…………持ち物検査についての警戒をすっかり忘れていた……」

小柄なムッツリーニの身体が、背中を丸めているせいで更に小さく見える。コイツが本気で警戒していれば、持ち物検査があることくらい事前に察知できていただろうから、今回は完全に油断していたんだろう。あと、収穫報告祭（夏）の準備にばかり気が行っていたのも原因の一つかもしれない。

「学年全体での一斉《いっせい》持ち物検査だからな……。夏休みの、俺たちがいない間に打ち合わせをしていたってことか」

「まったく、先生たちもやることが汚いなぁ……」

狙ってくるのが始業式の翌日というのがまたいやらしい。始業式なら少しは警戒しているのに、そこで何もなくてその翌日ともなれば、全員が無警戒なのは必然なんだから。確かに校則では『授業に関係のない物の校内への持ち込みは禁止とする』って書いてあるけど、それにしたってあまりにも厳し過ぎると思う。

「まぁ、携帯が没収されないのが唯一の救いだよね……」

「授業中に使ったり鳴らしたりしたら即没収だけどな」

緊急時の連絡用という名目もあってか、携帯電話だけは見つかっても没収されることはない。もっとも、雄二の言った通り授業中に鳴れば没収は免れないけど。

「して、明久は写真集以外は何を没収されたのじゃ？」

秀吉が僕の鞄を指差して聞いてくる。僕が没収の対象になるものを他にも持ってきていると確信している口調がちょっと哀しいけど、事実だから仕方がない。結局鉄人に没収されたものは……

「えーっと、本にＣＤにゲームに、（姫路さんや美波や秀吉の水着）写真とか……」

「写真集ではなく普通の写真まで没収とは……。教師陣も容赦《ようしゃ》がないのう」

「まったくだよ……。今日の朝ムッツリ商会から買ったばかりだから、まだ殆《ほとん》ど見てもいないのに……」

折角朝早く学校に来て買ったっていうのに。勿体《もったい》ない……。

「本当、残念ですよね……。私もあの枕に抱きつくの、凄く楽しみにしていたんですけど……。水着の写真だって飾りたかったですし……」

「ウチも、今夜は凄く良い夢が見れると思ってたのに……」

どうしてここで姫路さんと美波の同意が得られるんだろう。

「雄二はどうだった？　本の他には何か没収された？」

姫路さんたちの方はあまり深く関わるとショックを受けそうなので、代わりに雄二に話を振る。コイツだって僕と同じように写真集以外の物も没収されているはずだ。

「俺はまたＭＰ３《エムピースリー》プレーヤーだ。一昨日出た新譜《しんぷ》を入れておいたのに、それも全部パアだ。くそっ」

忌々しい、と言わんばかりに雄二が吐き捨てる。そっか。雄二はＭＰ３プレーヤーか。なんだか前にもこういうことがあったような気がするなぁ……。

「ってことは、ムッツリーニはやっぱりカメラ？」

「…………（コクリ）」

沈んだ様子で首肯するムッツリーニ。写真部にでも所属していたら、カメラの所持くらい許され——るワケはないか。撮ってる写真が写真だし……。

「…………データの入ったメモリーも没収されたから、再販も当分できない」

「「「えぇえっ⁉」」」

そ、そんな⁉　当分再販ができないだって⁉　存在を知っていながら見ることができないだなんて、そんなの生殺《なまごろ》しじゃないか！

「どういうことさムッツリーニ！　いつもきちんとバックアップを取っているんじゃないの⁉」

「そうですよ土屋君！　どこかに予備データが残っていたりはしないんですか⁉」

「本当は家のパソコンを探せば出てくるのよね⁉」

ムッツリーニがデータのバックアップを取らないなんて、そんな凡《ぼん》ミスをするわけがない。再販できないだなんて、そんなのは嘘《うそ》だっ！

「…………バックアップはある。でも、サルベージに時間がかかる」

「「「そ、そんな……っ！」」」

思わず床に手を突いてしまう僕と美波と姫路さん。確かにムッツリーニが日々撮り貯めているデータの量は膨大だ。その中から必要なデータをもう一度探そうとすると、か

なりの時間と労力が必要になるかもしれない。つまり、僕らはそのデータがサルベージされて再加工されて、注文してから納品されるまでの時間を悶々と過ごさなくちゃいけないわけで。


『おい、今の話を聞いたか……？』

『ああ……。再販が未定だとは……！　姫路や島田や木下《きのした》の水着写真がそれまでお預けだなんて、死にも等しい苦行だぜ……！』

『それだけじゃない。霧島《きりしま》に工藤《くどう》に、知らない美人のお姉さんまで水着で写っていたらしいぞ……！　それを見られないだなんて、俺は、俺は……っ！』


クラスの至る所から悲鳴が聞こえてくる。僕たちモテない男子にとって、ムッツリーニの写真が供給されるかどうかは重要な死活問題だ。


「さて。どうする雄二？　……やる？」

「そうだな……。こんな横暴を許したら今後の学園生活に支障が出るな……。よし、やるぞ明久！　教師ども——特に鉄人が出払った昼休みに職員室へと忍び込み、俺たちの夢と希望を取り戻すんだ！」

「おうっ！」

没収品を取り戻す為、再び雄二が立ち上がる。

「…………雄二と明久だけを、戦わせはしない」

ムッツリーニも力強く立ち上がった。そして、その目には強い光が戻っている。流石はムッツリーニ、寡黙《かもく》なる性識者《せいしきしゃ》の名前は伊達《だて》じゃない！


『待ちな、お前ら！』

『俺たちを忘れてもらっちゃ困るぜ！』

『へへっ……。俺たち、仲間だろ？』


「み、みんな……！」

気が付けば、先ほど叩きのめされたはずのFクラス男子全員が立ち上がっていた。

そうだ。大切なものを没収されたからと言って、僕らは決して泣き寝入りなんかしない。取り戻せる可能性があるのなら、勇気と努力とチームワークで取り戻してみせる！そこに僅《わず》かでも希望がある限り！

「あ、あのっ。皆さん落ち着いて下さいっ」

と、そこに制止の声が割って入った。今すぐにでも職員室に突撃しそうな勢いだった僕らを止めたのは、

「？　姫路さん……？」

胸の前で手を握りしめている姫路さんだった。

僕ら全員がそちらを向くと、姫路さんは皆に言い聞かせるように話し始めた。

「明久君、坂本君、それに皆さん……。やっぱりそういうのは、良くないと思うんです」

「そういうのって……職員室に忍び込むって話？」

「……はい」

姫路さんが小さく頷《うなず》く。う～ん……。良くないって言われても……。

「でも、そうしないと没収品は返ってこないからさ。姫路さんだって没収されたものを取り返したいでしょ？」

嘆願はさっきやってみてダメだった。だとしたら、あとは実力で取り戻す他に方法はない。

「そ、それはその、返して貰えるなら返して欲しいですけど……。でも、学校のルールを破っちゃったのは私自身ですから……」

そう言って姫路さんは僕の目を見る。う……。そんな目で見られると、なんだか自分が悪いことをしているような気分に……。

「まぁ、瑞希の言う通りよね。元々ウチらが校則違反をやっちゃってるのが原因なわけだし。その罰《ばつ》に納得がいかないって、また問題を起こすのもちょっとね」

姫路さんの意見に美波も同意する。

「はい。だから、そうやって職員室に忍び込むっていうのはダメだと思うんです。そういうのは、狡《ずる》いような気がします」

狡い、ズルいか……。確かに、校則違反で没収されたものを取り返す為にこそこそ忍び込んで盗み出すなんて、そんなのは男らしくないかもしれない。

「……雄二、どうしようか。そう言われてみると、忍び込むのはなんだかちょっと……」

正直、気が進まなくなってきた。

「あ～……。どうするも何も、姫路と島田の二人にそこまで言われたら、流石に考え直すしかないだろう」

いや、雄二だけじゃない。クラスの皆も同じ意見のようで、全員が決まりの悪そうな表情を浮かべていた。

「明久君、坂本君、皆さん……。わかってくれたんですね？」

「ああ。姫路と島田の言いたいことはよくわかった。つまりはこういうことだろう？」

先ほどの自分の発言を撤回するかのように、雄二がはっきりと告げる。

「――こそこそ忍び込んだりなんかせず、鉄人を殺《や》って堂々と奪い取れ、と」

「全然違いますからね!?」

やっぱり女の子の前で忍び込む、なんて男らしくない姿は見せられない。やるなら正面から堂々とやるべきだ！

そんなわけで、僕らは昼休みの職員室急襲《きゅうしゅう》を決行する運びとなった。

☆

「だから、どうしてお前らはそこまで単純なんだ……」

そして、僕らは補習室の硬い床に正座をさせられ（椅子すら使わせてくれなかった）、鉄人の監修のもと、補習の問題集をひたすらにやらされていた。

「くそっ。汚ぇ……！　俺たちのお宝を奪ってボコった挙句、今度は職員室で召喚獣《しょうかんじゅう》を用意して待ち伏せとは……！　教師の風上にもおけねぇ連中だ……！」

「まったくだよ。正面から男らしく堂々と襲撃に来た僕たちを、卑劣にも待ち伏せで迎え撃つなんて……！　あんなの、大人のやることじゃない……っ！」

「吉井、坂本。無駄口をたたく余裕のあるお前らにプレゼントだ」

「「げっ‼」」

ドス、と目の前に問題集が一冊追加される。これってもう、今日中に終わらせるのは物理的に不可能なんじゃ……？

「酷《ひど》いっ！　このチンパンジー、人間じゃない！」

「さてはこのチンパンジー、俺たちを家に帰らせない気だな⁉」

「そう言えば、お前らは夏休みの課題の提出もまだだったな」

　更に一冊ドスン、と問題集が積まれる。

「提出が遅れている分の利子だ。一週間遅れるごとに更に一冊追加してやろう」

「「うぎぃぃ――っ‼」」

　もうダメだ！　この鬼教師は僕らを衰弱《すいじゃく》させて殺す気だ！

『吉井も坂本もバカだな……。あのチンパンジーに逆らうなんて』

『俺たちみたいにおとなしくチンパンジーの言うことに従っておけばいいものを』

『無駄な抵抗をするからチンパンジーに目をつけられるんだ』

「そう言えば、他の連中も全員課題を提出していなかったな。安心しろ。全員平等に利子をくれてやる」

『『『うぎぃぃーっ‼』』』

　未提出の夏休みの課題、補習の問題集、追加の問題集、とドンドン課題が増えていく。

そこまで僕らを追い詰めて、一体何が楽しいんだ！

「おのれ鉄人……！　絶対に復讐《ふくしゅう》しちゃる……！」

「あの野郎、今に見てやがれ……！」

「…………この恨み、忘れない」

『月の無い夜道には気をつけろってんだ……！』

『見てろ、そのうち靴に画鋲《がびょう》を仕込んでやる……！』

『それなら俺は、鉄人同性愛者説を学校中に流してやる……！』


「更に一冊追加だ」

『『うぎぃぃーっ!!』』


急襲に加わらなかった女子三人はEクラスで一緒に授業を受け、Fクラス男子生徒四十七名は補習室で軟禁《なんきん》という大惨事。ただでさえ暑苦しいFクラスメンバーの中から、数少ない希望である女子を全員外された上に講師は鉄人ともなれば、僕らの恨みは募るばかりだ。

「まったく、つくづくお前たちは……。体力が有り余っているようだが、そういうものは運動で発散しろ。幸いにも近々体育祭もあることだしな」

鉄人が嘆息《たんそく》しながら呟いた。

二学期が始まるや否や、いきなり実行される大きなイベント、文月《ふみづき》学園体育祭。

長い夏休みでたるんでいる気持ちを、身体を動かすことで引き締めさせようというイベントだ。どうせ休みボケで授業をやっても身が入らないのだから、先にイベントを消化しておきたい、といったあたりが学園側の本音だろう。あの学園長の考えそうなことだ。

「さて。俺はお前たちが暴れた職員室の後始末をしてくる。全員サボらずに課題をやっておくこと。脱走したら……地獄を見せてやる」

不穏な一言を残し、鉄人は補習室を出て、ご丁寧に外から鍵をかけて去っていった。脱走したらも何も、監禁体制が万全に整っているじゃないか。

「そういや、すぐに体育祭か。体育祭ってことは……アレがあるな」

雄二がニヤリと笑みを浮かべる。

「そうだね。アレがあるね」

僕も同じように口元が緩《ゆる》んでしまった。見てみると、周りの皆も同じように口の端を歪《ゆが》めている。全員考えることは同じってことか。

「思えばこの五ヶ月。いや、入学以来の一年五ヶ月。俺たちはこの学校の教師陣には随分と酷い目に遭わされてきた」

「廊下に正座させられたり、補習室に軟禁されたり、聖典《エロ本》を没収されたり、酷い設備の教室に押し込まれたり、学年の男子全員が停学になったり、学園長の裸を見せられたりしたよね」

この場にいる全員が「うんうん」と大きく頷く。ここにいる仲間は皆同じような境遇に置かれてきた同志たちだ。舐《な》めさせられてきた辛酸《しんさん》も大差はない。

「だが、もうすぐやってくる体育祭。そこで俺たちは——この学校の教師たちに復讐することができるんだ！」

気分が盛り上がったようで、雄二は立ち上がって拳を振り上げた。

『おうっ！　やってやろうじゃねぇか！』

『去年は勝手がわからなかったが、今年はそうはいかねぇ！』

『あの鬼教師ども……！　目に物見せてくれる！』

至る所から威勢のいい声があがる。先生たちを怨む気持ちは皆同じ。今日の一件もあって、僕らは教師勢の横暴な行動に対し、報復攻撃を心に誓っていた。

「いいかお前ら！　こんなチャンスはまたとない！　今までの学校生活で、罵倒《ばとう》され、虐《しいた》げられてきたこの鬱憤《うっぷん》。この機に晴らさずしていつ晴らす！」

『そうだっ！　恨みを晴らせ！』

『この機に乗じて仇《かたき》を討て！』

『ドサクサに紛れてヤツらを痛めつけろ！』

　そう。こんなチャンスは滅多にこない。仇敵《きゅうてき》とも言える先生たちを、交流試合という隠《かく》れ蓑《みの》を使って攻撃できるという、復讐のチャンスは。

「全員今は牙《きば》を研《と》げ。地に臥《ふ》し恥辱《ちじょく》に耐え、チャンスの為に力を溜めろ。今この時は、真に敵を討つ時期じゃない。鬼教師どもに復讐するべき時は体育祭。親睦《しんぼく》競技という名の下に、接触事故を装って復讐を果たす。いいか、俺たちの狙いは――」

『『生徒・教師交流野球だ！』』

　全員が声を揃《そろ》えて拳を掲げる。

　見ていろ鉄人、ババァ、その他恨み募る教師たち……！　交流野球にかこつけて、必ず聖典の仇を討ってやるからな……！

覚えよう！野球のルール！

【第二問】

問　次の野球用語について説明しなさい。

『タッチアップ』

**坂本雄二の答え**

『フライがあがった時に走者がその打球の行方を見守ること。

捕球後は進塁することができる』

**教師のコメント**

その通りです。

YUUJI SAKAMOTO

**姫路瑞希の答え**

『痴漢をする』

**教師のコメント**

野球のタッチアップを知らないのに英語の touch up のそんな訳まで知っているとは、流石に先生も驚きました。英語を訳す上では正解ですが、野球用語としては間違いです。

**土屋康太の答え**

『フライが上がった時に走者が打球とチアリーダーのスコートを確認すること。捕球後は痴漢しに行くことができる』

**教師のコメント**

落ち着いて下さい。正しい知識といやらしい願望が混ざっています。

# 連絡事項

文月学園体育祭　親睦競技
生徒・教師交流野球

上記の種目に対し
本年は実施要項を変更し、
**競技に召喚獣を用いるもの**
とする。

文月学園学園長　藤堂カヲル

「「ババァ――っつ!!」」


学園長室の扉を開け放ち、僕と雄二《ゆうじ》は同時に叫び声を上げた。

「なんだいクソジャリども。朝っぱらからうるさいねぇ」

「うるさいねぇ、じゃないですよババァ長！」

耳を押さえて顔をしかめる学園長に、僕らは摑《つか》みかからんばかりの勢いで詰め寄った。

折角《せっかく》昨日、聖典を没収された恨みを溜め込んで交流野球で一気に教師陣にぶつけようと意気込んでいたというのに……今日学校に来てみたらいきなりこの通知だ。僕らが怒《ど》鳴《な》り込《こ》みたくなるのも当然だろう。

「どうして今年から急に交流野球で召喚獣《しょうかんじゅう》を使うなんて言い出すんですか!?　これだと先生たちを痛めつけて復讐《ふくしゅう》できないじゃないですか！」

「……アンタが今言った台詞《せりふ》が、そのまま召喚獣に変更した理由の説明になると思うんだけどねぇ……」

呆れ顔でこちらを一瞥《いちべつ》した後、手元の書類に視線を戻す学園長。おのれ、この人でなしめ……！

「この野球大会の為に、僕らがどれだけ故意に見えないラフプレーの練習をしてきたのか、僕らがどれだけ努力を重ねてきたのか、学園長は何も知らないから……だからそんな冷たいことを言えるんですよ！」

「その努力は別の方向に向けなクソガキ」

僕らの貴《とうと》い努力を全否定。なんて教育者だ。

「けっ。この変更、どうせまた例のごとく召喚システムのＰＲが目的だろうが……その肝心のシステムの制御はできるようになったのか？」

雄二に言われ、学園長が不機嫌そうに眉を寄せる。教育者と言うよりは研究者に近いこの学園長のことだ。技術についてバカにされるのは看過《かんか》できないのだろう。

「肝試《きもだめ》しの時や夏休み中はともかく、今はもう完全に制御してあるさね。そうでなければ、召喚獣に野球をやらせるなんて不可能だろう？」

言われて、一瞬考える。そうは言ってるけど、肝試しの時は確か狙ってお化けになったんじゃなくて、調整に失敗してああなったって話だったような……。もしかすると、今回も調整に失敗して野球用になっちゃっただけなんじゃないだろうか。

「待ちなクソガキ。なんだいその顔は。まさか、アタシが調整に失敗して偶然野球仕様になってそれを都合良く使ってるんじゃないか、なんて思っているんじゃないだろうね」

まさにその通りだ。

「ふん。アンタらがどう思っているのか知らないけど、野球用に組み替えるってのは並の労力じゃないんだよ。フィールドの広さの拡張、バットやグローブの設定に、ボールっていう仮想体の構築もしなきゃならない。それこそ、完全に制御できていなければ実行できない内容なのさ」

　ボールが仮想体で空気抵抗は球状でしか計算していないから、縫《ぬ》い目《め》の空気抵抗を使う変化球は存在しない、とかどうのこうのと難しい単語を並べたてる学園長。何を言っているかわからないけど……要するに、

「うまく制御できるようになったから、皆に見せびらかしたかったってことかな」

「――――」

あ。学園長の表情が固まった。

「明久《あきひさ》。もうちょい気を遣《つか》え。図星《ずぼし》を突かれてババァが凍り付いちまったじゃねぇか」

図星だったのか……。この人、もう結構な歳なのに妙なところで子供っぽいなぁ。それとも、これも研究者の性《さが》ってやつなんだろうか。

「ち、違うさねっ！　これはあくまでも一つの教育機関の長として、生徒たちと教師の間に心温まる交流をだね」

「あー、そうだなー。流石《さすが》だなー」

「すごいですねー。尊敬しちゃいますねー」

「本当に腹立たしいガキどもさね！」

見え見えの嘘《うそ》はお互い様だと思うけど。

「だが、そういうことなら野球のルール変更を白紙に戻すことも可能だよな。なんせ、変更理由がババァの自慢ってだけなんだからな」

「そうだよね。ルールを普通の野球に戻して下さい学園長」

「却下だね」

「「どうして⁉」」

「そこまで人をバカにしておきながらどうして断られないと思えるんだい⁉」

信じられない。可愛い生徒たちの心からの頼みを断るだなんて、アンタはそれでも学園の長か！

「それに、暴言がなくても今更また変更は無理だね。この通り、プログラムも既に発注しちまったからね」

学園長が机の上にある折り畳んだ厚紙のようなものを投げてよこした。

「そんな……。僕らの同意もなしに、勝手に話をここまで進めるなんて……」

「バカ言うんじゃないよ。どうしてアンタらにご意見を伺《うかが》う必要があるんだい？」

ぐ……！　こんなことになるのなら、体育祭実行委員あたりに根回しでもしておけば良かったんだろうか。けど、このババァなら実行委員にも意見なんて聞いていなさそうだし……！

何かできることはないのかと歯噛《はが》みしていると、思案顔でプログラムを見ていた雄二が学園長に顔を向けて問いかけた。

「確かに今からまた変更ってわけには行かないだろうが……だからと言って、これはあまりに教師チームと生徒チームに差がありすぎないか？」

「差って言うのは、召喚獣の強さの違いのことかい？　ハッ。何を言ってるんだか」

「でも、雄二の言う通りですよ学園長！　教師チームの点数はもの凄い高いじゃないですか！　点数が力に比例する召喚獣を使うっていうのに、そんなに差をつけられていたら勝てるわけが」

「バカ言うんじゃないよ。いつもの戦闘じゃなくて、今回は野球じゃないか。力があるだけで勝てるって言うのなら、今頃プロ野球の選手は全員ボディビルダーで埋まっているだろうに」

「でも」

「それに、この文月《ふみづき》学園は試験的かつ実践的な進学校だよ。点数の差が力の差になって何が悪いさね」

学園長の台詞に、何も言い返せなくなる。それは確かに、僕らも入学する時にはそういう学校だと知らされた上で入学したわけだけど……っ！

「それでも、こんなに差があったら野球なんてやる気がなくなっちゃいます！　やっぱりルールを元に戻して」

「あー、待て明久。それはできないって、さっき俺も言っただろうが」

尚も言い募ろうとしたところで、雄二に止められた。え？　雄二はルールを元に戻せって言いたいんじゃないの？

「けど雄二。これじゃあ」

「ああ。確かにお前の言う通り、やる気が出てこないのも事実だ。だから――どうだろう学園長。俺たちがやる気を出せるように、何か賞品を用意して貰えないだろうか」

と、そこで雄二が学園長に妙な提案を持ち出した。賞品？　どういうこと？

「これはまた、随分とくだらない提案をしてきたもんだね。そんなもの、急に言われても用意ができるわけないだろう？」

「いや。用意は必要ないし、費用もかからない」

用意も費用もいらない？　それって、

「俺たちが教師チームに勝てたら、持ち物検査で没収された物を返してもらう。それが賞品ということでどうだ？」

「……なるほどね。名《な》より実《じつ》を取ろうってわけかい」

「復讐ができるのならそうしてもいいが、ルール変更が決定事項となったのなら、ゴネても仕方がないからな。それなら実益を得られる可能性に賭《か》けた方がいい」

そう言って、雄二は小さく笑みを浮かべた。名より実を取る。これは一見、雄二らしい合理的な考え方のようだけど——僕にはどうにも、妙な違和感がしこりのように頭に残った。う～ん……。

「ババァも流石にあの問答無用な持ち物検査については、生徒に限らず教師陣にも色々と言われただろう？」

「……フン。没収されるのが嫌なら、不要品なんか持ってくるんじゃないよ。学校をなんだと思っているんだい」

教育方針と言えばそれまでだけど、この学校の持ち物検査は一般的なものと比べて明らかに厳しすぎる。普通の学校なら没収しても、後になったらきちんと返却しているという話なのだから。生徒に限らず教師からも『厳しすぎるのでは』なんて話が出たところで不思議じゃない。

「そんな批判が出ているからこその提案だ。これを呑《の》んでくれたらルール変更の話におとなしく従うし、チャンスを与えることで没収に対する不満だって抑えられる。悪い話じゃないはずだが？」

「進むべき方向がわからないから不満が爆発するってことかい。『没収品を取り戻せる機会がある』と提示してやることで、その後結果として取り戻せなくても、その怒りの矛先《ほこさき》をアタシら〝教師陣〟から〝試合に負けた自分たち〟に向けさせようと」

「ま、そういうことだ。何もせずに一方的に奪われるというのは、人間誰でも嫌なもんだからな。一度でもチャンスがあって、自分で行動した上での結果なら意外とすんなりと受け入れられるもんだ」

雄二と学園長が小難しい話をしている。要するに、一度もチャンスを貰えなかったら悔《くや》しく思うのが人の心とか、そういうことなのかな？

「ということだ。どうだババァ？」

雄二が学園長に詰め寄る。内容はいまいち理解できていないけど、ここは僕も乗っておいた方が良さそうだ。

「お願いします、ババァ」

雄二の隣に立つように、学園長に一歩近付く僕。

すると、学園長は勿体《もったい》ぶるように顎《あご》を撫《な》でながら僕らに言った。

「そうさねぇ……。これに関しては、取引というよりはアンタらのお願いだからね。そんな態度で頼まれても、快《こころよ》く首を縦には振れないさね」

ぐ……。

思わず『このクソババァ！』などと口汚く言いそうになるのをグッと堪《こら》え、相手の真意を確かめる。

「と言うと、どういうことですか？」

「目上の人間をババァ呼ばわりするようなガキどもの頼みは聞けないってことさ」

なるほど。ババァ呼ばわりが気に入らなかったのか。それなら言い直すとしよう。

「それは失礼しましたクソ」

「確かにクソの言う通りですね。以後気をつけます」

「待ちなガキども。アタシはクソババァからババァの部分を外せって言ったんじゃないからね」

学園長が不機嫌そうに顔を歪《ゆが》ませた。

まったく、なんて我が儘《まま》な。注文が多すぎる。

「そんなことより、どうなんだ？」

「……まぁ、そうさね。体育祭には海外からの来賓《らいひん》もいるからねぇ。それでアンタらがおとなしくなるというのなら悪くないさね……。召喚獣の野球試合は二－Ａと三－Ａあたりの優秀な試合を見せておいて、あとはこのバカどもが野球の方ばかり行ってくれたら、来賓の見ている体育祭の正式種目の方は安全だし……」

なんだか僕らが邪魔者扱いされているような気がするけど、この際それについては目を瞑ろう。

「仕方ないね。その提案、呑んでやろうじゃないか」

「そうか。そいつは助かる」

学園長と雄二が頷き合う。

これで、当初の目的だったルール変更についてはダメだったけど、代わりに没収品を取り戻すチャンスを手に入れた。これはこれで良い話と言えるだろう。

「なら、あとはルールの明文化《めいぶんか》だな。賞品が懸《か》かっているんだ。こんなルールは聞いていない、とかいった文句を後で言われるのは困る」

「それはこっちの台詞だよクソガキ」

そう言って、雄二と学園長はお互いを罵倒《ばとう》しながら召喚野球大会のルールを文章として書き出していった。


『この召喚獣野球大会に使う科目は一つだけにするのか？』

『アタシはそうしてもいいんだけどねぇ。アンタらはそれだと困るんだろう？』

『ああ。各イニングでそれぞれ使用科目を変えて貰いたい』

『まぁ、そのくらいなら認めてやろうじゃないか。きちんと授業に関わりがあるからね』

『それは助かる。だとしたら〝召喚獣を用いて、授業の科目を云々〟なんて書くよりは、〝必ず授業科目の中の一つを用いること〟という風に書いた方が分かり易いんじゃないか？』

『ルールを曲げないのなら、その辺の言い回しは好きにしたらいいさね』

# 召喚野球大会規則 校則

- 各イニングでは、必ず授業科目の中から一つを用いて勝負すること
- 各試合に於いて、同種の科目を別イニングで再び用いることは認めない
- 立ち会いは試合に参加していない教師が務めること。また、試合中に立ち会いの教師が移動してはならない
- 召喚フィールド（召喚野球仕様）の有効圏外へ打球が飛んだ場合、フェアであればホームラン、その他の場合はファールとする
- 試合は5回の攻防までとし、同点である場合は7回まで延長。それでも決着がつかない場合は引き分けとする
- 事前に出場メンバー表を提出すること。ここに記載されていない者の試合への介入は一切認めない。尚、これにはベンチ入りの人員および立ち会いの教師も含む
- 人数構成は基本ポジション各1名とベンチ入り2名の計11名とする
- 進行に於いては体育祭本種目を優先する。競技の時間が重なりそうな場合は事前にメンバー登録の変更を行っておくこと
- その他の基本ルールは公認野球規則に準ずる

二人の話し合い（というよりは雄二の交渉かな？）が進み、ルールの草案が決定されていく。雄二の考えている通りに事が進んでいるようでなによりだけど……それにしても、どうにも疑問が残るような……？

☆

交渉を終えてFクラスに戻る途中、僕は自分の中にある疑問点にふと気が付いた。

ああ、そう言えば。

「雄二。さっきの話なんだけど」

「召喚野球の話か？」

「うん。アレってさ、一見合理的な判断に見えたけど……それって、僕らが勝てる可能性があれば、の話だよね？」

雄二が交渉で勝ち取ったのは、『僕らが勝てば没収品を返還《へんかん》してもらう』という賞品だけだ。賞品。そう、つまり勝ったら貰える物の交渉。復讐と引き替えに返還の可能性を手に入れたと言えば、一見合理的な判断には見えるものの、実際はそうでもない。テストの点数を使った勝負で、僕らが教師チームに勝つことのできる可能性は皆無《かいむ》だからだ。それならまだ、気晴らしができる分、復讐の機会を手に入れた方がマシだと思う。

僕がそう言うと、雄二は「よく気付いたな」といった顔でこちらを見ながら答えた。

「お前の言うとおりだ。結局あの話は、野球で勝てなきゃなんの意味も持たない。それがわかっていたからこそ、ババァも乗ってきたんだろうな」

「やっぱりそうだよね。相手が相手だし、僕らが勝つにはよほどのことがないと……」

「ま、そりゃそうだ。普通のやり方じゃ勝てねぇだろうな」

先生たちと僕たちFクラスの点数は、天と地ほどの差がある。勿論勝負する科目によるけど、この点数差はテクニックだけで覆《くつがえ》せるものじゃなさそうだ。

「それで雄二。今度はどんな作戦考えたのさ」

「ん？　何の話だ？」

「とぼけないでよ。プログラムを見ながらずっと考え事をしていたみたいだし、それにあのルール決め。絶対に何かの意図があってのことでしょ」

「ま、そりゃそうだ。勝てる見込みのない勝負をするつもりはないからな」

「だよね。それで、作戦は？」

「お前の言う通り、ルールを利用するつもりだが――まぁそれはやってみてからのお楽しみだ。どうせ今から教えても、お前の頭じゃすぐ忘れちまうだろうしな」

失礼な。ちょっと思い出せなくなるだけなのに。

「けど、雄二がそこまで頑張《がんば》るってことは、没収されたのはＭＰ３《エムピースリー》プレーヤーだけじゃなさそうだね。他には何を?」

「特級品の写真集を、三冊ほど持って行かれた……」

「三冊って……。よく雄二の環境で隠し持っていられたね」

霧島《きりしま》さんの強制捜査と、あのお母さんの天然の勘から逃れて、よくもまぁ三冊も……。

「本棚の下や天井裏、完全防水にして熱帯魚の水槽の底に沈めたりと、色々と工夫したからな」

「もうそれ見たい時に取り出せるレベルじゃないよね」

手段と目的が入れ替わるというのはそういうことを言うんじゃないだろうか。

「そこまでしなけりゃ守りきれねぇし、そこまでして守る価値のある逸品《いっぴん》だったんだ」

「そっか。そこまでの物なら、是非見てみたかったなぁ」

「……私も」

隣を歩く霧島さんと頷《うなず》き合《あ》う。一体どんなものだったんだろう。これはなんとしても取り戻して確認しないと。

「じゃ、そういうことで。あとは雄二と霧島さんの二人で仲良く」

「待て明久。この状況で俺を置いて逃げるな」

雄二に力強く腕を掴まれた。

だって、このままここにいても……見るに堪《た》えないグロテスクな光景が繰り広げられるだけだし……。

「……雄二を甘く見ていた。今後は水槽や植木鉢、雄二が入浴中の浴槽の中まで詳しく探す」

「おい待て。最後の一つは確実に目的が捜査じゃないだろ」

「……私には、雄二の成長を確認する義務があるから」

そっか。成長を確認する義務か。

「――ん？」

待てよ。成長を確認……ってことは、

「ねぇ霧島さん」

「……なに？」

「もしかして、霧島さんって……雄二と一緒にお風呂に入ったことがあったり」

「……中学に入るまでなら」

「イッシャァアア――ッ！」

「つぶねぇ――っ！」

ちぃっ！　避けやがった！　僕の渾身《こんしん》のハイキックを避けるなんて、良い反射神経してやがる……っ！

「落ち着け明久。中学に入るまでと言っても、高学年になった頃には全く」

「……私の胸が大きくなってからは、数回しか」

「だらっしゃぁあぁーっ！」

「うおおおおっ⁉　今お前本気で俺を殺す気だっただろ⁉」

「黙れ邪教徒《じゃきょうと》……。誰もが踏み入れることの許されぬ、遥か遠き聖域を汚す異端者《いたんしゃ》め……。その罪、死を以《もっ》て贖《あがな》うべし。それが——」

『『——我ら、異端審問会《しんもんかい》の掟《おきて》』』

「ちょ、ちょっと待て⁉　お前らいつの間に現れたんだ⁉　さっきまで気配すらなかっただろ⁉　風呂といっても別に何かあったわけでもぎゃぁあああっ！」

「…………あ……雄二……」

『吉井一級審問官。異端者の発見、ご苦労だった』

『ありがとうございます。須川《すがわ》会長』

「……さっき話してた『野球で勝てば没収品返却』って話……詳しく教えて欲しかったのに……」

# 文月学園 体育祭プログラム

| | 中央グラウンド（第1グラウンド） | 第2グラウンド 召喚野球大会 | 体育館 召喚野球大会 |
|---|---|---|---|
| 9:00 | 開会式 | | |
| 9:30 | 100m走 | 一回戦 | 一回戦 |
| 9:45 | 100mハードル走 | | |
| 10:00 | 障害物競走 | | |
| 10:15 | 二人三脚 | 二回戦 | 二回戦 |
| 10:30 | 1500m走 | | |
| 10:45 | 綱引き | | |
| 11:15 | 棒倒し | 三回戦 | 三回戦 |
| 11:30 | 200m走 | | |
| 11:45 | 球転がし | | |
| 12:00 | 部対抗リレー | | |
| 12:15 | 昼休み | | |
| 12:30 | | | |
| 13:00 | 応援合戦 | | |
| 13:30 | 球入れ | 決勝戦 | |
| 14:00 | 大縄跳び | | |
| 14:30 | 借り物競走 | | |
| 15:00 | 騎馬戦 | | |
| 15:15 | クラス対抗リレー | | |
| 15:30 | 閉会式 | | |

バカテスト
古典

# 【第三問】

**次の文章を読んで問に答えなさい。**

項王《ノ》軍壁《ス》二垓下《ニ》一。兵《ハ》少《ナク》食《ニ》尽《ク》。
漢軍及《ビ》諸侯《ノ》兵囲《ムコト》レ之《ヲ》数重《ナリ》。
夜聞《ク》二漢軍《ノ》四面《ニ》皆楚歌《スルヲ》一、項王乃《チ》大《イニ》驚《キテ》曰《ハク》、
「漢皆已《ニ》得《タル》レ楚《ヲ》乎。是《レ》何《ゾ》楚人之多《キ》也《ト》。」
項王則《チ》夜起《キテ》飲《ム》二帳中《ニ》一。

この時の項羽の境遇から生まれた四字熟語を答えなさい。

**姫路瑞希の答え**

『四面楚歌』

**教師のコメント**

正解です。本来ならば味方が歌うはずの〝楚の歌〟が四方を囲う敵兵の陣から聞こえてくる。それはつまり、味方の兵が敵陣に降ってしまったことを示します。このことから〝敵に囲まれて孤立すること〟を【四面楚歌】と言うようになったのです。

**土屋康太の答え**

『先手必勝』

**教師のコメント**

後手です。

**吉井明久の答え**

『先手必勝』

**教師のコメント**

しかも負けています。

KIRISHIMA SHOUKO

『――時より、第二グラウンドにて召喚《しょうかん》野球を行います。参加する生徒は――』

　校舎に取り付けられたスピーカーからアナウンスが響き渡る。

　そんなこんなで、気がつけば体育祭の当日。

　退屈な開会式も無事終えて、グラウンドの一部を仕切って作られた自分たちの席を離れ、僕らは野球大会の行われる会場へと向かっていた。

「雄二《ゆうじ》。最初の対戦相手はどこだっけ？」

「確か一回戦は同学年の隣のクラスが相手という話だったから、Ｅクラスのはずだ。ほら、コイツが対戦表だ」

　雄二がＡ４サイズの紙を渡してくる。そこには櫓《やぐら》状の対戦表が書かれていた。

　Ｅクラス、Ｅクラスか……。隣のクラスだけど、実はあまり交流がなかったりする。試召戦争《ししょうせんそう》をやったって話も聞かないし、召喚大会でも肝試《きもだめ》しでも直接関わることはなかった。せいぜいが覗《のぞ》き騒ぎの時だけだろう。つまり、有《あ》り体《てい》に言うと僕は彼らについての情報を殆《ほとん》ど持っていない。

「Ｅクラスって野球で勝負しても大丈夫？　なにも危険はない？」

　隣を歩く雄二に尋《たず》ねる。

　こっちはメンバーに姫路《ひめじ》さんや秀吉《ひでよし》がいるんだ。勝負の際に何かしらの危険がないのかを確認しておく義務がある。

「ん～……。まぁ、大丈夫だろ。さっきちょっと代表同士で挨拶《あいさつ》した限りだと、応対も可愛《かわい》いもんだったしな」

「え？　本当？　可愛いって、どんな感じの子だったの？」

「どんな感じって言うと、そうだな……」

可愛いと言われると、敵チームと言えどやっぱり気になる。どんな風に可愛く挨拶をしてくれたんだろう。

「『押忍《おす》！　自分はEクラス代表の中林《なかばやし》であります！　本日は絶対に勝たせて頂くであります！』って感じで」

「ソイツきっと全身筋肉質だよね⁉　絶対可愛くないよね⁉」

どこをどう取っても可愛いなんて単語が見あたらない！

「冗談だ。本当は、『今日はヨロシクねっ。絶対に負けないんだからっ☆』って感じで喋《しゃべ》る代表だった」

「そっかー。よぉーし、こっちだって負けるもんかっ」

「ただし、ラグビー部所属」

「やっぱりソイツ全身筋肉質だろ！」

そんな喋り方をするラグビー部員なんて嫌すぎる！

「なんてな。それも嘘《うそ》だ。Ｅクラスの代表は女子テニス部のエースをやってる中林ってヤツだ。性格は島田《しまだ》に近い感じじゃないか？」

「外見は？」

「鉄人《てつじん》に近《ちか》──冗談だ明久《あきひさ》。ダッシュで逃げるな」

「雄二の冗談は心臓に悪いんだよ！」

美波《みなみ》の性格で鉄人の攻撃力を持っていたら僕らに勝ち目はない。

「まったく……。雄二よ、明久をからかうのも大概《たいがい》にするのじゃ。全然話が進まん。結局Ｅクラスはどういった連中なのじゃ？」

一緒に歩いていた秀吉が改めて雄二に問う。秀吉もＥクラスに知り合いはあまりいないみたいだ。

「すまんすまん。そうだな……。Ｅクラスは一言で表すと、『体育会系クラス』だな」

「体育会系クラス？」

「ああ。部活を中心に学園生活を送っているヤツが殆どだ。部活に打ち込んでいるせいで成績が悪い連中ばかりだが、その分体力や運動神経はかなりのもんだ」

部活動が中心のクラスか。どうりで今まで試召戦争にはあまり参戦してこなかったワケだ。彼らにしてみれば、きっと授業の設備よりも部活の設備の方が重要なんだろう。

「なるほど。部活バカってわけだね」

うんうんと頷《うなず》いていると、正面からズンズンとこちらに近付いてくる人影に気がついた。ん？　誰だろう？

「アンタにバカって言われたくないわよバカ！」

ヘアバンドが特徴的な女子に出会《であ》い頭《がしら》にいきなり罵倒《ばとう》された。しょ、初対面の人のはずなのに……。

「えっと……」

「私たちがバカなら、その下のクラスのアンタたちは大バカじゃない！　この大バカ！」

なんだか凄く怒った様子で僕を罵倒するヘアバンドの人。この人は……？

「明久。コイツがEクラス代表の中林ってヤツだ」

クエスチョンマークを浮かべている僕に雄二が助け船を出してくれる。

ああそっか。なるほど。この人が――

「この人が例の全身筋肉質って話の」

「全身筋肉質⁉　私一体どういう紹介をされてたの⁉」

ヘアバンドの女子が目を丸くしている。

違った。そうじゃなくて、Eクラス代表の人だ。

気を取り直して、改めて中林さんを観察してみる。気が強そうな感じだけど、あとは特におかしなところは見あたらない。良かった……。最近あまり接することのない、普通の人だ……。

そうやって観察している僕の視線を何かと勘違いしたのか、中林さんは自分の身体を抱くようにして僕から距離を取って言い放った。

「な、何よその目は。これだからFクラスのバカは嫌なのよ。人の身体をジロジロと見て、いやらしい」

酷《ひど》い誤解だ。僕はそういう視線で見ていたわけじゃなくて、

「違うよっ！　僕はただ単に、中林さんはラグビー部所属で鉄人に似ている人だと――」

「アンタ私に喧嘩売ってるんでしょ⁉　そうよね！　そうに決まってるわよね！」

ダメだ。更に僕を見る目が険しくなっていく。

「まぁまぁ落ち着けパツキン姉ちゃん。明久も悪気があって言ったわけじゃない」

そこに雄二がフォローに入ってくれた。けど、パツキンって？

「パツキン？　金髪ってこと？　バッカじゃないの。私のどこが金髪に見えるのよ。病院でも行ってきたら？」

中林さんも僕と同じ疑問を抱いたようで、訝《いぶか》しげに雄二に視線を向けた。

「違う違う。パツキンってのは『髪が金色』ってことじゃねぇ。『髪筋』って書くんだ。文字通り、髪まで筋肉でできてんじゃねぇのか」

「言ってくれるじゃないの……っ‼」

「――と、明久が言っていた」

「なんですってぇぇ――!!」

「酷い誤解でげふぅっ！」

殴《なぐ》られた。僕は何も言ってないのに！

「ところで中林。さっきは聞き忘れたが、先攻《せんこう》・後攻《こうこう》はどうする？」

「知らないわよ！　好きにしたらいいじゃない！」

「そうか。それならこちらは後攻にさせてもらう」

「いいわよ。そんなことより覚えてなさい！　絶対アンタには負けないんだから！」

そう言い捨てて、中林さんはずんずんとＥクラス側のベンチへ去っていった。

「よくやった。ナイス挑発だ明久」

「よくやった、じゃないっ！　雄二のせいでいきなり初対面の人との間に距離が出来ちゃったじゃないか！」

「気にするな明久。一生懸命努力さえしていれば、人との距離は埋められるし、大きな夢だって叶えられるし、秘蔵のエロ本だって奪い返せる」

「良いこと言っているようだけど最後の一つで台無しだ！」

まぁ、エロ本も大事と言えば大事だけど。

「なにやら揉《も》めておったが、大丈夫じゃったのか？」

「大丈夫だ。むしろ上出来だと言える」

「僕にとっては最悪だけどね……」

なんというか、精神的なダメージが大きすぎる。

「はぁ……。これでまた、僕がおかしなヤツだって誤解する人が増えた気がするよ……」

日々真面目に生きているのに評判だけがどんどん悪くなっていく。理不尽《りふじん》だ。

大きく溜息を吐きながら、とりあえず召喚獣を喚《よ》ぶ準備を始めることにする。この試合の1回は――向井《むかい》先生がグラウンドにいるってことは古典勝負になるのか。

「んじゃ、試獣召喚《サモン》っ」

キーワードを口にすると、僕の足元に幾何学的な紋様が浮かび上がった。そして、その中からデフォルメされた僕自身が姿を現す。本来ならこの召喚獣は学ラン&木刀《ぼくとう》という格好のはずなんだけど……

「今回は野球のユニフォームか。わざわざこの試合用に調整するなんて、学園長も変なところに労力割《さ》いてるなぁ」

バットやグローブも持っていて、結構可愛らしい見た目になっている。

「一応野球用ってだけあって操作の一部は自動になっているらしいな」

「ま、そうだよね。そうじゃないと野球なんてできないし」

今まで通りの感覚だったらボールを狙ったところに投げられない人が殆どだろう。その辺のことはきちんと考慮されているようで何よりだ。

「システムについてはワシらが気にしても詮《せん》のない話じゃろう。それよりも、ワシらはワシらで目の前の試合に集中するべきじゃ」

「それもそうだね。経緯はどうあれ、没収品を取り戻す絶好のチャンスなわけだし」

とは言ってもその方法については雄二からまだ何も教えてもらってないんだけどね。

「んじゃ、そろそろ守備位置と打順を発表するか。おーい、全員聞いてくれー」

召喚野球大会に参加するクラスメイトたちに雄二が呼びかける。こういったことに関する雄二の手腕は折り紙付きだ。特に誰が文句を言うわけでもなく話を聞く姿勢になる。

「基本の守備位置と打順はだいたいこんな感じだ」

1番　ファースト　木下秀吉《きのしたひでよし》
2番　ショート　土屋康太《つちやこうた》（ムッツリーニ）
3番　ピッチャー　吉井明久《よしいあきひさ》
4番　キャッチャー　坂本雄二《さかもとゆうじ》
5番　ライト　姫路瑞希《ひめじみずき》
6番　セカンド　島田美波《しまだみなみ》
7番　センター　須川亮《すがわりょう》

8番　サード　福村幸平《ふくむらこうへい》
9番　レフト　横溝浩二《よこみぞこうじ》
ベンチ　君島博《きみじまひろし》
　　　　近藤吉宗《こんどうよしむね》

僕は3番でピッチャーか。なんか随分《ずいぶん》と良い役回りだけど……

「ねぇ雄二。僕がピッチャーでいいの？　雄二か姫路さんの方が良くない？」

召喚獣を使うのであれば、純粋に点数の高い姫路さんや雄二がピッチャーをやった方が打たれにくくなる。僕は外野《がいや》――だと点数が低くて返球が届かない可能性があるから、内野《ないや》あたりに配置して貰うのが無難《ぶなん》な気がする。

「できるんならそうしたいところなんだがな」

僕が尋ねると、雄二は苦笑いを浮かべた。

「できるんなら、って？」

「俺か姫路が投げて、捕《と》れるキャッチャーがいるか？」

言われてみて、少し頭の中でシミュレーションをしてみる。

む。そう言われてみると確かに。

「そっか。生身《なまみ》の人間と違って、召喚獣は他の人の十倍の力の差、とかがあったりする

# 一回戦　2−E戦　Fクラス　スターティングメンバー

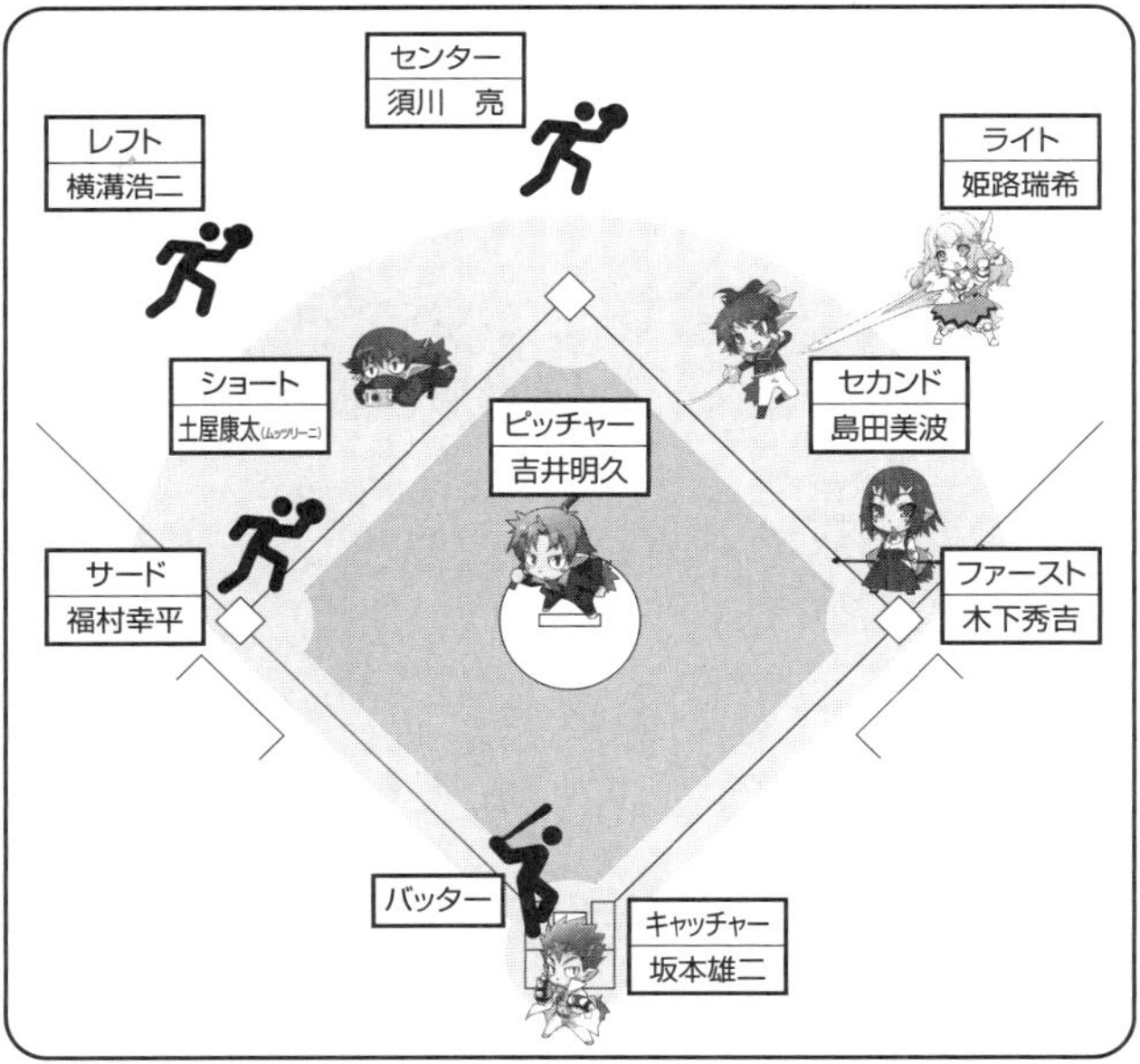


| 打順 | 1番 | 2番 | 3番 | 4番 | 5番 | 6番 | 7番 | 8番 | 9番 |
|---|---|---|---|---|---|---|---|---|---|
| | 木下秀吉 | 土屋康太(ムッツリーニ) | 吉井明久 | 坂本雄二 | 姫路瑞希 | 島田美波 | 須川　亮 | 福村幸平 | 横溝浩二 |

| ベンチ | 補欠 |
|---|---|
| | 近藤吉宗 |
| | 君島　博 |

システム管理者:藤堂カヲル

もんね」

「そういうことだ。細かい話になるが、使用するボールも——まぁこれは一般的な召喚獣と同じで物には触れないが——実際に重さを持っていると考えると、かなりの重さに設定されているらしいからな」

「そ、そうなんだ……」

言われて驚くけど、同時に納得もする。召喚獣の力は僕程度の点数であっても、普通の人の数倍はある。Ｆクラスレベルでその力なら、Ａクラスの人が普通の重さのボールを投げたら打てっこないだろう。

「そういうことなら仕方がないね。姫路さんや雄二の点数で重いボールなんて投げられたら誰も捕球できないもんね」

上手《うま》くミットに収めたらできないってこともないだろうけど……一回でもミスって身体に当たればそのまま昇天《しょうてん》だ。あまりにリスクが高すぎる。

「ならば、姫路が投げて雄二が捕るのではダメなんじゃろうか」

秀吉が手を挙げて質問すると、雄二が答えるよりも早く姫路さんが反応した。

「す、すいません。私、野球とかは全然わからなくて……。実際にやったこともないですし……」

「だ、そうだ。そういうわけだから、今後はともかく、一回戦目はルールの把握も兼ねてライトに配置している。状況によって配置変更はするけどな」

本職の野球部の連中ならともかく、クラス交流の野球大会で、しかも召喚獣を使っているとなれば左右への打ち分けを狙うのは難しいだろう。そうなれば、ライトは比較的球が飛んで来にくいはず。内野は経験者じゃないとキツいだろうし、雄二の判断は正しいだろう。

「以上だ。他に何か質問は？」

雄二が全員を見回す。それ以上は特に何の質問も出なかった。

そして、自然と雄二を中心にした円陣が出来上がる。すると雄二は全員を鼓舞するように大きく声を上げた。

「よし。それじゃ――いくぞテメェら、覚悟はいいか！」

「「「おうっ！」」」

「Eクラスなんざ、俺たちにとっちゃただの通過点だ！　こっちの負けはありえねぇ！」

「「「おうっ！」」」

「目指すは決勝、仇敵《きゅうてき》教師チーム！　ヤツらを蹴散《けち》らし、その首を散っていった戦友《エロ本》の墓前に捧げてやるのが目的だ！」

「「「おうっ！」」」

「やるぞテメェら！　俺の――俺たちの、かけがえのない仲間《エロ本》の弔《とむら》い合戦《がっせん》だ！」

「「「おっしゃぁ――っ!!」」」

男子全員の目に炎《ほのお》が灯《とも》る。無慈悲《むじひ》にも僕らの仲間を奪った敵――鉄人率いる教師軍団に、必ずや天誅《てんちゅう》を加えてやる！　待っていろ、鬼教師軍団め……！

「あ、あの、美波ちゃん……。こうしていると、なんだか……」

「そうね……。ウチらまでそういう本を没収されたみたいよね……」

「ワシも別にエロ本などは持ち込んでおらんのじゃが……」

僕らFクラスの気持ちはいつも一つ。一致団結して上位のクラスを打ち倒すんだ！

☆

『プレイボール！』

主審《しゅしん》を務める寺井《てらい》先生の声がグラウンドに響き渡り、ゲームが始まる。試合をするのは召喚獣だから僕ら自身はどこに立っていてもいいんだけど……やりやすさを考えると必然的に召喚獣の真後ろあたりに立つことになる。気分は実際に野球をやっているのと変わらない感覚だ。

「しゃーっす！　試獣召喚《サモン》っ」

Ｅクラスのトップバッターが挨拶（？）をしながらボックスに入る。守備側は立ち位置の規定がないけど、バッターはボックスの真後ろあたりに立たされる。これは相手のサインやミットの位置が見えないようにするためらしい。

『Ｅクラス　園村俊哉《そのむらしゅんや》　ＶＳ　Ｆクラス　吉井明久
古典　１１７点　ＶＳ　71点　』

この試合のそれぞれの科目は、一回は古典、二回は数学、三回は化学、四回は英語で、五回が保健体育になっている。まずは古典勝負だ。

召喚獣にボールを持たせてキャッチャーの指示を待つ。変化球は使えないらしいので、雄二が指示するのはコースと、あとは球の速さくらいだ。えっと、まずは一球目。雄二の召喚獣のミットが示す場所は——ど真ん中？

《そんなど真ん中なんて、大丈夫？》

キャッチャーとして召喚獣の後ろに立つ雄二へ視線を送る。いつものアイコンタクトだ。すると、向こうからもいつものように返事がきた。

《大丈夫だ。向こうも慣れない召喚獣を使っての一球目だ。様子を見てくるに決まっているからな》

《ふむふむ。なるほどね》
そういうことなら真ん中という指示も頷ける。相手を挑発することも考えて、いっそのこと力を抜いた緩《ゆる》い球を投げてみようかな。どうせストライクがもらえるのなら力は温存しておいた方が良いし。
《じゃあ行くよ雄二》
《おう。来い明久》
雄二の指示通りのコースに球を投げる。せぇ……のっ

キンッ

『ホームラ――ン』


「ちゃんと投げろボケがぁー！」

「ちゃんと指示しろクズがぁ――！」

ボールは甲高《かんだか》い音をたて、青空へと消えていった。

この野郎、全然言ったとおりになってないじゃないか！

「お主ら……。いくらなんでも、運動部の面子《メンツ》を相手にど真ん中のスローボールはどう

かと思うぞい……」
初回の初球でいきなりホームラン。これで０対１になってしまった。
「おねっしゃっす！　試獣召喚《サモン》っ！」
ノーアウトランナーなしで２番バッターが現れる。僕はボールを受け取り、雄二と視線を交わした。
《てめぇ明久。次ミスったら尻バットを喰《く》らわしてやる》
《雄二こそ。次ミスったら脛《すね》バットを叩き込んでやる》
サインを確認して、２番バッターへの第一球。

キンッ

『ホームラーーン』

「「バットをよこせぇっ!!」」
それぞれがベンチに向かってバットを要求する。また失点とは、この野郎……！　どこまで使えないバカなんだ！

『ええいこのバカ野郎どもが！　もうお前らには任せておけねぇ！』

『そもそも吉井と坂本に任せた俺たちがバカだった！』

『こうなりゃ、ここから先は俺が投げる！　ピッチャー交代だ吉井！』

『それならボールは俺が捕るっ！　キャッチャー交代だ坂本！』

キンッ

【Eクラス　VS　Fクラス
3　——　0】

「……やべぇ。いきなり大ピンチだ……」

「いやもうピンチっていうか点数取られまくった後なんだけど……」

ピッチャーとキャッチャーをそれぞれ替えても、あっさりとホームランを叩き込まれてしまった。これで0対3。Eクラスめ、意外とやるじゃないか……！

タイムを取ってマウンドで作戦会議。すると、外野にいた姫路さんもトコトコとこちらにやってきた。

「あの、明久君」

「ん？　なに、姫路さん？」

「ピッチャーって、そんなにころころ替わっても良いものなんですか？」

「うん。一応ベンチにいる人と替わらないのなら交代は可能だったはずだよ」

きちんとした野球なら色々とルールがあるんだけど、この勝負ではそこまで細かいことは言わないみたいだ。やり過ぎると文句は出るだろうけど。

「とにかく一旦仕切り直しだ。ピッチャーを明久に戻して今度は慎重に攻める。明久、手を抜かずにきっちり投げろよ」

「ん。了解」

方針を決めて、各自持ち場に戻る。もう一度ピッチャーか……。今度こそちゃんとやらないと！

配置について、バッターが構えるのを待つ。次のバッターは４番。ということは、

『吉井明久……！　よくも人のことを全身筋肉呼ばわりしてくれたわね……！　絶対に、絶対に許さない……っ！』

やっぱりＥクラス代表の中林さんか。流石《さすが》４番、凄い気迫だ。

《明久。相手は４番だ。全力で投げてこい》

雄二のアイコンタクトに頷いて応《こた》える。ここで手を抜くほど僕もバカじゃない。

僕は緊張を解《ほぐ》すために大きく深呼吸をしてから、投球モーションに入った。

ゴスッ

『デッドボール。一塁《るい》へ』

『殴らせて！　あの男を一度でいいから殴らせてよ！』

『落ち着け中林！　折角勝っているのに乱闘でノーゲームにするのは勿体ない！』

暴れる中林さんをEクラスの男子が必死に宥《なだ》めている。

力の入りすぎですっぽ抜けちゃった……。今更帽子を取って謝ったくらいで許してもらえるかな……？

もはや絶望的になりつつある隣のクラスの代表との関係を気にしている僕をよそに、ゲームは続いていく。ノーアウトランナー一塁で、今度は5番打者だ。

《さて。もう遊びはナシだ。真面目《まじめ》にやるぞ》

《僕はさっきから真面目にやっていたつもりなんだけどね……》

溜息をついてから、雄二の構えたミットに向かってボールを投げる。すると、相手は他の人たちがホームランを打ったというプレッシャーがあったのか、打ちにくいボールに焦《あせ》って手を出して、セカンドフライに終わった。これでようやく1《ワン》アウトだ。

《よしよし、良い感じだ。次はここだ》

雄二がミットを構える。中林さんに投げた時はすっぽ抜けてデッドボールになっちゃったけど、だいぶ慣れてきた。なんとかいけそうだ。

『ストライク、バッターアウト！　チェンジ！』

続く6番、7番打者からもアウトを奪ってやっと攻守交代。今度はこっちの番だ。

「よし！　さっきはちょっとしたハプニングがあったが、だいたい計算通りだ！　さっさと点取ってブッ倒すぞ！」

「「「おおーっ!!」」」

雄二の言葉に全員で拳《こぶし》を掲げて応える。

そもそも僕らは守備に向いてる性格じゃない。攻撃の時にこそ、僕らの真価が発揮されるんだ！

「トップバッターは秀吉だな。頼んだぞ」

「任せておくのじゃ」

秀吉がバッターボックスに向かう。頑張れ秀吉！

『木下。まずはアンタを打ち取って波に乗らせてもらうわよ！』

マウンド上ではピッチャーを務める中林さんが闘志を燃やしている。体育会系の連中が多いクラスの代表だけあって、ノリもそんな感じだ。

秀吉がバッターボックスに入ったのを確認してから、中林さんがボールを投げる。秀吉はその球筋《たますじ》をじっくりと見極めて、黙ってその球を見逃した。

『ボール』

審判がボールを宣告する。キャッチャーが受けた球をピッチャーに返すと、第二球が放られた。

『ボール』

二球目もストライクゾーンには入らない。中林さんは悔《くや》しそうにボールを受け取ると、慎重に振りかぶって三球目を投げた。

『ストライク！』

今度はなんとかストライク。どうにもコースが定まらないようで、中林さんはずっとやりにくそうに顔を歪めていた。

そのまま投球が続き、カウントが2《ツー》ストライク・2《ツー》ボールとなる。そして更にもう一球投げられた段階で、初めて秀吉が動きを見せた。

『ファール！』

　あまり気のないスイングで、ボールにバットを当てるだけ。俗に言うカットってやつだ。

「ねぇ雄二。あのスイングだと、秀吉は」

「ああ。多分フォアボール狙いだな」

　人間同士の勝負じゃないから色々と特殊ルールのある召喚獣勝負だけど、基本は野球のルールと変わらない。ストライクが三つカウントされたらアウトだし、ボールが四つカウントされたらフォアボールで、打者は一塁へと進む。但し、ボークとかそういった細かいルールについては、審判のさじ加減って感じだ。

『ファール！』

　その次の球もカット。これだと相手に沢山球を投げさせることで疲労を誘えるし、ピッチャーを心理的に追い詰められる。慣れていない召喚獣野球の最初のバッターにこんなことをやられると、向こうとしてはやりにくいことこの上ないだろう。

『ボール』

　更にもう一つボールのカウントが増えて、現在2－3《ツーストライク・スリーボール》。

『く……！　いやらしいやり方してくれるじゃない……！』

　マウンド上で中林さんが歯嚙みする。勝負の世界でこういったことは常套手段《じょうとうしゅだん》だけど、中林さんにはそれが許せないみたいだ。

『思いっきり振ってきなさいよ木下！　勝負よ！』

『すまぬが、それはできん。なにせ、0対3という状況じゃ。五回までしかない以上、ワシらは確実に点を返さねばならんからの』

この野球勝負は時間の関係上、五回までの短縮版になっている。チャンスが少ないのだから、確実に攻めるという判断は正しいだろう。

『何よ！　私が怖いの!?　フォアボールなんか狙わないで、ちゃんとヒットで塁に出なさいよ！』

『なんと挑発しようと無駄じゃ。ワシはワシの仕事をきっちりこなすだけじゃからな』

『く……っ！　いいから勝負をしなさいよ——男らしく！』

『…………男らしく、じゃと？』

『——トライクッ！　バッターアウッ！』

「すまんお主《ぬし》ら。無理じゃった」

「いや、まぁ仕方ないけど……どうして最後だけあんなに大振りだったの？」

「気にするでない。ワシにも色々と譲《ゆず》れんものがあるのじゃ」

「ふ〜ん……？」

　よくわからないけど、とにかく秀吉は凡退《ぼんたい》。次は２番打者のムッツリーニだ。アイツなら運動神経も良いし、召喚獣の扱いにも慣れている。今度こそ期待できるだろう。

『Ｅクラス　中林宏美《ひろみ》　ＶＳ　Ｆクラス　土屋康太
　古典　　　１０５点　ＶＳ　22点　』

「どうしようか雄二。僕にはコールド負けの光景まで見えるんだけど」

「奇遇《きぐう》だな明久。俺もだ」

　バットに当ててもボールに押し戻されるんじゃないか、というくらいの点数差だ。

「けどまぁ、大丈夫だ明久」

「いや、大丈夫って言われても……」

　ここから何かできることがあるんだろうか。

「信じろ。信じていれば、きっと妖精《ようせい》とかがなんとかしてくれる」

「あ。もう神頼みしかのこってないんだ」

しかもえらいファンタジーな他力本願《たりきほんがん》だ。

「頼む、大量虐殺《ぎゃくさつ》の妖精……！」

「気をつけて！　ソイツは多分妖精の名を騙《かた》った邪神《じゃしん》だから！」

恐らく願いと引き替えに生《い》け贄《にえ》を要求されるだろう。


『アウト！』


そんなことを言っている間にムッツリーニもゴロをピッチャーの前に転がしてアウト。

これで2《ツー》アウトで、次は3番だから——ああ、僕の番か。

「よし、ここは一発、デカいのかましてくるか！」

「おう。期待してるぞ明久」

「任しとけっ」

どん、と胸を叩いてバッターボックスに入る。大丈夫。きっと僕ならうまくやれる！

ゴスッ

『――デッドボール。一塁へ』

「痛みがっ！　顔が陥没《かんぼつ》したような痛みがぁっ！」

初球から顔面にデッドボール。よりによって痛みがフィードバックする僕の召喚獣に当てなくても！

地面を転がる僕に、マウンド上の中林さんが毅然《きぜん》とした態度で告げた。

「ここから先、アンタの打席は全部デッドボールよ」

「最悪の予告だ！　絶対さっきのことを根に持ってるよね⁉」

この先の打席、誰かに替わって貰えないかな……？

痛む身体を引きずって一塁へ。うぅ……。さっきまでのことは全部誤解なのに……。

『さて。ここで真打《しんう》ち登場というワケだな』

そして今度は4番の雄二が打者となる。

『Eクラス　中林宏美　VS　Fクラス　坂本雄二
　古典　　105点　VS　196点　』

両者の点数がいつものように表示された。

今の雄二なら点数も高いし、召喚獣もある程度は使えるし、本人の運動神経も問題ない。Eクラスの点数が相手ならうまくやってくれるだろう。

『う……。コイツも怖いけど、この次はあの姫路だし……。ここは勝負で……！』

中林さんが表示された雄二の点数を見て呟く。

雄二の次が大したことない人なら、もしかしたら中林さんはわざとフォアボールを出して勝負を避ける、敬遠《けいえん》という選択肢を選んでいたのかもしれない。けど、雄二の次は実力では学年次席の姫路さんだ。彼女との勝負の前にランナーを溜めるわけにはいかない。ここは勝負せざるを得ないだろう。

『行くわよFクラス代表っ！』

2アウトランナー一塁の状況。中林さんが振りかぶってボールを投げる。その球はまっすぐにミットへ向かっていき——

『あらよっとぉーっ！』

キィン、と甲高い音を奏《かな》でて宙を飛んでいった。球の行方を見守るまでもない、見事なホームランだ。

【Eクラス　VS　Fクラス
3　—　2】

僕と雄二がホームへ還《かえ》り、２得点。これで得点差は１点となった。

『く……っ！　次からは坂本にもぶつけるしかないっていうの……！』

「『普通に敬遠しろ！』」

呻《うめ》く中林さんに同時にツッコむ僕と雄二。

最初は普通の人だと思っていたけど、やっぱり中林さんもどこかおかしいのかもしれない。

「坂本、お疲れ様」

「…………ナイバッチ」

「流石じゃな、雄二」

ベンチに戻ると、皆が温かく雄二を迎えた。デッドボールを受けた僕への心配はないんだろうか……。

「さて、次は姫路じゃな。ここはホームランで一気に同点といきたいところじゃが」

「う〜ん……。それはちょっとあの子には厳しいかもしれないわね……。瑞希はテストの点数はいいけど、あの通り運動神経はあまり良くないから」

美波が苦笑を浮かべている。姫路さんは身体が弱かったからあまりスポーツもやっていないだろうし、それは仕方のないことかもしれない。

「そう思って、俺も姫路には無理して打たないでもいいと言ってある」

「ってことは、四球《フォアボール》狙い？」

「ああ。なにせ、あの点数だからな。満塁《まんるい》なら兎《と》も角《かく》、そうでないなら向こうも無理して勝負にはこないだろ」

それもそうか。こっちのチームは雄二と姫路さん以外は純粋にFクラスの学力だ。ランナーがいないのなら敬遠して他の人と勝負した方が良いに決まってる。

『ボール。フォアボール。一塁へ』

『あ、はい。ありがとうございます』

話しているうちに、姫路さんがフォアボールで塁に出る。これで再び2アウト、ランナー一塁。そして今度のバッターは、

「うぅ……。ウチの番ね……」

打順6番、美波だ。なんだか随分と自信がなさそうだけど……

「あれ？　美波って野球苦手なの？」

運動神経はかなり良かったはずなのに。

「あ、ううん。野球もできないことはないわよ。ただ、ちょっとね……」

「？？？」

溜息を吐きながらバッターボックスに向かう美波。どうしたんだろう？

『Ｅクラス　　中林宏美　　ＶＳ　　Ｆクラス　　島田美波
　古典　　　　１０５点　　ＶＳ　　６点　　　　　　　　』

「さぁ守備だ！　きっちり守るぞ！」

「「「おうっ！」」」

『ウチまだ打ってないんだけど!?』

そんな叫びも虚《むな》しく、美波はサード前にゴロを転がしてアウト。

まぁ、この回の科目は古典だったから仕方ないよね。美波の大の苦手科目なんだから。

とにかく、これで一回の攻防は終了。攻守交代して、二回の数学勝負になった。さて、じゃあ僕はまたマウンドに――

「待て明久。この回のピッチャーはお前じゃない」

「え？　そうなの？」

マウンドに上がろうとしたところで、雄二に呼び止められた。なんだろう。

「この回は数学だからな。ここは島田に抑《おさ》えてもらう」

「数学……。あ、そっか。なるほどね」

数学は美波の数少ない得意教科だ。雄二もそれなりに点数を取っているから美波の球を受けることができるだろうし、この回に限定したらBクラスレベルのバッテリーを組むことができるはずだ。

「そういうことよアキ。この回はウチに任せて。ちゃんと抑えてみせるから」

美波にポンポンと肩を叩かれる。

「うん。頼んだよ美波」

「ええ。頼まれたわ」

パシン、と美波とタッチをしてマウンドを降りる。試召戦争や召喚大会も経験しているし、運動神経もバッチリな美波となら、安心してピッチャーを替われる。それなら僕は僕で、美波の守備位置だったセカンドをきっちり守ろう。

そう思ってマウンドから移動していると、同じく自分の守備位置へ向かっている姫路さんがじっとこちらを見ているのに気が付いた。

「ん？　どしたの姫路さん？」

「あ、はい。えっと……」

姫路さんが小走りでこちらにやってくる。なんだろう？

「明久君。手を――こうやってもらえます？」

そして、タクシーを停めるときのように手をあげた。えっと、真似したらいいのかな？

「こ、こう？」

言われた通り手をあげてみる。すると姫路さんは楽しそうに笑顔を浮かべて、

「はいっ」

ペチン、とその手を叩いた。

「頑張りましょうね、明久君」

「あ、うん。頑張ろうね姫路さん」

「はいっ」

にっこりと笑って外野へと駆けていく姫路さん。よくわからないけど、今のハイタッチをやりたかったのかな。僕らと気持ちを一つにしたいということだろうか。

そっか。姫路さんはそんなにも……

「そんなにも、僕らのエロ本を見てみたいのか……」

困ったな。あれは女の子に見せるようなものじゃないんだけど。

『……なんだか、凄い誤解を受けている気がします……』

よし。気合を入れて守備をしよう。Eクラス相手に美波の数学なら、よほどうまく打たれない限り外野まで飛ぶことはないだろう。つまり、内野の僕らの仕事が多いってこ

となる。

『Eクラス　大村新太郎《おおむらしんたろう》　VS　Fクラス　島田美波
数学　65点　VS　193点』

予想通りの得点差。向こうは8番からの下位打線だし、特に問題はないだろう。
一球目、二球目と心配なくバッテリーのやり取りを見守る。すると、三球目を雄二が捕《と》り損ねて、ボールは雄二の召喚獣の胸に当たった。あの高得点で投げられるボールはかなりの速さだ。捕り損ねるのも無理はないだろう。

『Fクラス　島田美波　&　Fクラス　坂本雄二
数学　193点　&　175点』

美波と雄二の点数が表示される。さっきまで雄二の点数は200点くらいだったから、今の捕り損ねで25点程度のダメージを負っている。点数が上回っている雄二の召喚獣でもこのダメージだ。他の人だったらもっと酷いことになっていただろう。僕なら更に痛みも返ってくるわけだし、キャッチャーだけはなんとしても避けたいポジションだ。

そんなことを考えている間も投球は続き、その後も一回だけ捕り損ねて雄二の召喚獣がダメージを負ったものの、この回は三人でぴしゃりと抑えることができた。流石は美波の数学だ。

「お疲れ、美波。ナイピッチ」

「ありがと、アキ」

「凄い球だったね。流石だよ」

「ふふっ。さっき打つ方では活躍できなかった分、せめて守備で返さないとね」

美波が片目を瞑って、そう言った。う～ん、格好良い。こんなんだから、

『お姉様！　最高です！　格好良すぎです！　そんなお姉様を見ているだけで、美春《みはる》は、美春はもう……っっ!!』

見物席の方から、Ｄクラス所属の女子の興奮した歓声が聞こえてくる。

こんなんだから、女子にモテちゃうんじゃないだろうか。

「それじゃ、今度はこっちの攻撃だね」

「次は7番だから、須川からだな」

「おう。かっ飛ばしてくる」

と言って意気揚々《いきようよう》と向かっていった須川君はレフトにフライを打ち上げてアウト。その次の福村君はヒットを打ったものの、続く横溝君と秀吉が凡退して、無得点で二回の裏が終わってしまった。

そしてお互いに得点をあげられないまま三、四回が終わる。

迎えた最終回。科目は保健体育ということで——

「ピッチャーは任せたよムッツリーニ」

「…………了解」

保健体育と言えばこの男。教師をも凌駕《りょうが》する点数を誇るムッツリーニの出番だ。コイツが全力で投げれば誰も打てやしないだろう。

「いやいや、ちょっと待てお前ら。ムッツリーニはキャッチャーだ。ピッチャーはこの回は俺がやる」

だというのに、雄二が水を差す。

「え？　雄二がピッチャー？　どうして？」

雄二の点数も悪くはないのかもしれないけど、ムッツリーニとは雲泥《うんでい》の差だ。ただでさえ1点負けているんだから、ここはムッツリーニが投げるのが無難だろう。

「あのな……。だからさっきも言っただろうが。保健体育でムッツリーニが全力で投げたら、当たり所しだいではキャッチャーが消し飛ぶぞ」

そう言えばそうだった。さっきの美波の時にもそんなことを言っていたっけ。

「それはまぁ……ほら、上手く取れば大丈夫だよ。きちんとミットに収めたらダメージは受けないからさ」

「つまりは一度でも取り損ねたら消し飛ぶってことだろうが！」

ちなみにキャッチャーを務める召喚獣でもプロテクターの類は装備していない。そんな状態でムッツリーニの球を身体で受けようものなら、いくら雄二の召喚獣でもかなりのダメージを負うだろう。

「やれやれ……。雄二は根性がないなぁ。男だったら命を懸けてそのくらい」

「わかった。キャッチャーは明久に譲る。男を見せてこい」

「ごめんなさい。心の底からごめんなさい」

僕の点数でムッツリーニの球を受けるなんて冗談じゃない。下手《へた》したらミットできちんと受けてもダメージを負うんじゃないだろうか。

「なんじゃ。明久ならば召喚獣の扱いにも長《た》けておるし、得点差なぞものともせずに捕れるじゃろうと思っておったのじゃが」

「いやいやいや。秀吉、そんな簡単に言うけどね……」

さっき２００点近い美波の球を見たけど、あれだけでも充分に速かった。あれなら前にバッティングセンターで挑戦した１３０km／hの球の方がよっぽど打ちやすいっていうくらいに。いくら変化球がないとは言っても、あんな速度で投げられる球を生身じゃなく召喚獣を使って受けるなんて、そんなのあまりに厳しすぎる。それに、僕の場合は受け損なったら召喚獣の痛みがフィードバックしてくるというリスクもあるし、操作の慣れだけで引き受けるには大変な役割だ。

「まぁ相手はEクラスだからな。俺が投げてもなんとかなるはずだ。守備のことよりも攻撃の心配をしようぜ。なにせこっちはまだ1点負けてるんだからな」

そう言って雄二がマウンドに向かっていった。それもそうだ。いくら相手を抑えようとも、このままじゃ負けてしまう。目先の守備も心配だけど、いかに得点をあげるのかというのも重要な懸案事項だ。

『Eクラス　湯浅弘文《ゆあさひろぶみ》　VS　Fクラス　坂本雄二
保健体育　52点　VS　１４７点』

ピッチャーとバッターの点数が表示される。確かに雄二の言う通り、この得点差なら特に問題はないだろう。

『バッターアウト。チェンジ！』

あっと言う間にアウトカウントを三つ稼《かせ》いで攻守交代。ムッツリーニは二回ほどボールを受け損なったけど、そこはさすがの得意科目。召喚獣はたいしたダメージを負うこともなく終わっていた。

「さぁ逆転するぞお前ら！　この回は誰からだ！」

「ワシからじゃな」

打順はさっきの回で丁度二巡して、この回は再び1番打者である秀吉に戻っている。

さて、この回は勝負だ。

「頼むぞ秀吉。絶対打ってくれ」

「秀吉ならできるよ。頑張って」

「…………期待している」

「木下、石にかじりついても打つんだ！」

「気合を入れてくれ木下！　お前にかかっているんだ！」

「そうだ！　頑張ってくれ！　そして、なんとしても打ってくれ！」

「う、うむ。努力はするが——」

「「「俺たちの、エロ本の為に！」」」

「…………………」

『ストライク、バッターアウッ！』


「どうしたのさ秀吉！　スイングに力が入ってなかったよ!?」

「あの激励《げきれい》で力を奪われてしまっての……」

なぜか秀吉が疲れ切った顔をしている。秀吉の召喚獣は疲れや痛みがフィードバックすることはなかったはずだけどなぁ。

「まぁそう気を落とすな。次はムッツリーニの出番だ。必ず良い結果が出るさ」

雄二が皆を励ますように告げる。そうか。次は保健体育でムッツリーニの出番か。これは期待できそうだ。

「…………行ってくる」

ムッツリーニがバッターボックスに入る。得点は――

『Eクラス　古河《ふるかわ》あゆみ　VS　Fクラス　土屋康太
保健体育　102点　VS　589点　』

この圧倒的な差。バットに当てたら芯を捉えていなくても場外までかっ飛んで行くんじゃないだろうか。

「やっぱり土屋君は凄いですね。これならきっとホームランを打ってくれますよ」

「あ、うん。打ったらきっとホームランだろうね」

隣の姫路さんが小さくガッツポーズを取っている。彼女も僕と同じ考えを抱いたようだけど、

「でも、多分ダメなのよ瑞希。土屋は打てないわ」

そんな姫路さんに美波が告げる。そう。ムッツリーニはこの打席は打てない。

「え？　どうしてですか？」

まだ野球のことがよくわかっていない姫路さんは、美波の言葉に対して頭にクエスチョンマークを浮かべていた。

「あの点数差じゃからの。間違いなくムッツリーニは敬遠されるじゃろ」

「敬遠って——あ。わざとフォアボールを出して勝負を避けるっていうヤツですね」

「うん。そういうこと」

この場面で勝負に行けばホームランを打たれてしまう可能性がある。でも、敬遠しておけばとりあえずランナーが一塁に進むだけで得点にはならない。向こうとしては１点差を守りきって勝ちたいだろうから、ムッツリーニとの勝負は避けるだろう。


『ボール。フォアボール』

『…………（コクリ）』


予想通り、ムッツリーニは歩かされてしまった。これじゃあ得点にはならない。

「Ｅクラスの作戦じゃと、ここで明久を打ち取って雄二と姫路を敬遠。塁を埋めて島田と勝負、という感じじゃろうな」

僕らの点数については向こうもある程度は調べているだろうから、得点されそうな雄二や姫路さんではなく、僕と美波と勝負というのは当然考えているだろう。そうなると、バントをしたところで相手にアウトを一つプレゼントするようなもんだし……。

「ちなみに明久。お主の点数は？」

「確か保健体育は23点だったかな」

「酷いもんじゃな」

「だって、それは、その……。参考書《エロ本》を、取られちゃったから……」

「アンタは何を使って勉強しようとしてるのよバカ」

この点数だと、余程《よほど》のことがない限り外野の頭を抜けるのは難しい。ここで僕が塁に出ることができたら、雄二か姫路さんのどちらかは勝負ができるっていうのに。

「ま、気楽に行ってこい明久。なんとかなる」

そんな状況なのに、なぜか雄二はお気楽だった。

「？　どういうこと？　何か作戦とかがあるの？」

「いや。特に作戦があるわけじゃないが……。いいからさっさと行け。審判に怒鳴られるぞ」

「あ、うん。行ってくる」

「明久君。頑張って下さいね」

「ありがと、姫路さん」

姫路さんに送り出されてバッターボックスに向かう。雄二があそこまで自信満々ってことは何かあるんだろうけど、その具体的な内容がわからない。一体何をするつもりなんだろう。

『吉井君。早くしなさい』

「あ、はい。すいません」

審判の先生に注意を受けたので、小走りで指定の場所に向かう。召喚獣にバッティングの構えを取らせると、相手のピッチャーがムッツリーニの位置を確認してから投球モーションに入った。


『で、坂本。アキも言ってたけど、本当に何の作戦もないの？』

『ない――が、状況を見たらわかるだろ。この勝負、俺たちの負けはない』

『負けはないって、今の状況はウチらが苦しいんじゃないの？』

『いや違う。苦しいのは向こうの方だ。いいか？　今は五回の裏。1点ビハインドで、科目は保健体育』

『？　そんなのわかってるわよ。でも、土屋は敬遠されて』

『そして、ランナーは――あのムッツリーニだ』


『盗塁《とうるい》だっ！』


Eクラスの誰かがそんな叫び声をあげる。

ピッチャーからの牽制球《けんせいきゅう》がないことを確認すると、ムッツリーニは二塁を目指して駆け出した。なるほど！　そういうことか！

　投球モーションに入ったピッチャーの球は、そのままキャッチャーへ向かって投げられる。僕はムッツリーニの盗塁を補助する為に、敢《あ》えて高めに大きくバットを空振りした。これはキャッチャーをやっている人の視界を遮《さえぎ》って、少しでも盗塁の成功率を上げる為だ。

「く……っ！」

　キャッチャーが球を受けて、即座に二塁へと送球しようとする。拙い。このタイミングだと、アウトかセーフかはギリギリ――

「……え……？　ギリギリ……？　ムッツリーニが？」

　そんなバカな。保健体育を使ったムッツリーニの速度は並じゃない。相手がＡクラスならともかく、１００点前後の点数を相手にギリギリになんかなるはずがない。

　……だとすると。

　二塁に向かってキャッチャーが球を投げる。その瞬間、ムッツリーニの目がぎらりと光ったような気がした。

「…………かかった」

　突如《とつじょ》、ムッツリーニの召喚獣の動きが一気に加速する。やっぱりさっきまでは手を抜いて走っていたのか！

「は、速ぇっ！」

目にも止まらないような速度で二塁ベースを踏む召喚獣。そしてそのまま止まることなく三塁へ向かったところで、ようやくキャッチャーの投げたボールが二塁に到達した。ムッツリーニが手を抜いて走っていたのは、キャッチャーに三塁へ送球されないためか！　確かに最初からあのスピードを出していたなら、キャッチャーは二塁を諦《あきら》めて三塁へボールを投げていただろう。良い作戦だ！

「サードっ！」

「わかってらぁ！」

キャッチャーが鋭く指示を飛ばす。指示を受けたセカンドは即座に受けたボールをサードへと送球した。これは刺されるか⁉

またもやギリギリのタイミング。これはどうなるか……っ！

「…………加速《かそく》」

と、そこでムッツリーニがキーワードを口にする。これは単教科で400点を超えた召喚獣だけが持つ特殊能力を起動する時の合図。ムッツリーニの持つ特殊能力は、文字通りその動きを加速させること。

「んだとぉっ⁉」

Eクラス陣営から悲鳴が上がる。

ムッツリーニの召喚獣は霞《かす》むほどの速さで三塁を蹴ってホームへ。ボールは未だに宙にある。

「つざけんなぁっ！」

三塁手がようやくボールを受け取り、ホームを守るキャッチャーへと送球する。でも、

「…………加速、終了」


それよりも早く、ホームベースの上を駆け抜けて生還したムッツリーニがいた。

「「「おっしゃあ――っ‼」」」

Fクラスベンチから歓声が沸き上がる。これで3対3。同点だ！

「よしっ！　このままの流れで一気に勝つぞっ！」

次の投球に備えて、召喚獣にバットを構えさせる。ピッチャーがムッツリーニの行動で動揺している今ならいける――っ！

ゴスッ

『デッドボール。一塁へ』

「だから……っ！　どうして僕にはデッドボールばかり……っ！」

動揺するのならせめてフォアボールを出して欲しい！

『Eクラス　古河あゆみ　VS　Fクラス　吉井明久
保健体育　102点　VS　0点（行動不能）』

『吉井明久、戦死！』

「え!?　ちょっと待って！　まだ試合が残ってるのに保健体育の点数が0になったんだけど!?」

これって、まさか

「補充試験を受けてこい明久。野球の方は代走《だいそう》で近藤が入る」

「チクショー！　最悪だぁーっ！」

どうして折角の体育祭なのにテストなんか受けなくちゃいけないの!?　やっぱりこの

システムってどこかおかしいと思う！

「なぁに、試合のことは心配するな。ここまでやったならきっちり勝っておくさ」

「うぅ……。あんまりだ……」

重い足取りで職員室に向かう。

結局、僕が保健体育の補充試験を受けている間に、Ｆクラスは Ｅクラスに対してサヨナラ勝ちを収めたとか。なんだか酷い疎外感《そがいかん》……。

AKIHISA YOSHII

**次の等式を数学的帰納法を用いて証明しなさい。**
$1+3+5+\cdots\cdots+(2n-1)=n^2$ ……①
（但し、n は自然数とする）

……………………………………………………………

**姫路瑞希の答え**
［1］ n=1 の場合、①式は
（左辺）＝ 1
（右辺）＝ 1
より成立します

［2］ n=k の場合成立すると仮定します
$1+3+5+\cdots\cdots+(2k-1)=k^2$ ……②

n=k+1 の場合①式の左辺は
$1+3+5+\cdots\cdots+(2k-1)+(2k+1)$
$=k^2+(2k+1)$ （②式より）
$=(k+1)^2$

つまり、
$1+3+5+\cdots\cdots+(2k-1)+(2k+1)=(k+1)^2$
となり、
n=k+1 のときも①式は成立します

［1］［2］より、①式は全ての自然数nにおいて成立すると言えます

**教師のコメント**
正解です。数学的帰納法とは、n=1 のときに成り立ち、n=k のときに成り立つと仮定して、n=k+1 のときにも成り立つと証明することで、命題が全ての自然数 n において成り立つと証明する手法です。意外と n=1 の場合の証明を忘れてしまうことがあるので、解答の際は充分注意しましょう。

**土屋康太の答え**
『①式は正しいことをここに証明します

土屋康太』

**教師のコメント**
証明書の体裁を気取っても駄目です。数学的帰納法を用いて、と問題文にもあるので、n=k の場合成立するという仮定のもと、n=k+1 の場合でも成立すると証明しましょう。

………………………………………………………………

**吉井明久の答え**
『成立すると断定します』

**教師のコメント**
仮定して下さい。

「お。戻ったか明久《あきひさ》」

「ご苦労じゃったな、明久」

「…………おかえり」

「あ、うん。ただいま……」

補充試験《ほじゅうしけん》を終えて中央グラウンドに戻ると、秀吉《ひでよし》たちが温かく迎えてくれた。おかげで少しだけ疎外感《そがいかん》が和《やわ》らいだ気がする。けど、勝つにしろ負けるにしろ、できれば一緒にその場にいたかったなぁ……。

なんて思いながらロープで仕切られた二－Fの待機スペースを見回してみる。すると、クラスの皆が妙な箱の前で騒いでいるのが見えた。なんだろう。

『頼む……！　なんとか最高のパートナーを……！』

『いいから早く引けよ。後がつかえてるんだから』

『わかってるから急《せ》かすなよ！　……よし。これだ――チクショォオーッ！』

『『っしゃぁあーっ！　ざまぁ見やがれぇーっ！』』

「えっと、あれは何をやってるのかな」

隣の雄二《ゆうじ》に聞いてみる。たくさんのクラスメイトがうちひしがれているみたいだけど、なんなんだろう。

「ん？　あれか？　あれはただのくじ引きだが」

「いや、それは見たらわかるよ。そうじゃなくて僕が聞きたいのは、何のくじ引きをやってるのってこと」

「ああ。次の種目は二人三脚だからな。ペアを決める為のくじ引きをやってるんだ」

「ふ〜ん。そうなんだ」

　確かに二人三脚という競技ではパートナーが誰になるかはとても重要なポイントだ。個人の能力よりも、相方といかに息を合わせられるかを競う種目なのだから。

「なんじゃ。随分《ずいぶん》と落ち着いておるではないか明久」

　秀吉が僕を揶揄《やゆ》するかのように告げる。落ち着いているって言われてもなぁ。

「だって、僕は別に誰がパートナーになっても気にならないから。どうせ男女別になっているだろうし――」

「今回は男女混合だな」

「全然問題ない試獣召喚《サモン》」

　さぁ行け僕の召喚獣。行って、ヤツらを皆殺しにするんだ……！

「落ち着けバカ。教師の許可もないのに召喚獣が喚《よ》べるか」

「これが落ち着いていられるかぁーっ！　誰!?　女子勢のパートナーには誰がなってる

の⁉」

「安心せい。まだ決まっておらん」

「え？　そうなの？」

「…………決まっていたら、あんなに騒がない」

「あ。それもそっか」

　それは良かった……。二人三脚を速く走るコツは、急ぎすぎないでリズムを合わせることと、きっちり身体をくっつけること。もしも女子勢とそんな美味《おい》しいことになる裏切り者が現れるとしたら、そいつは異端審問会《いたんしんもんかい》の名の下に粛清せざるを得ない。

「なるほど。だから皆ああやって祈《いの》りながらくじを引いてるんだね」

「そういうことだ」

　箱の前では誰もが両手を合わせて懸命に祈っていた。

「でも、よく姫路《ひめじ》さんや美波《みなみ》が男女混合を許可したよね。雄二がうまく言いくるめでもしたの？」

　見てみると、他のクラスでは嫌がる女子は同性だけのくじを作って引いている。姫路さんたちがそうしないのは、姫路さん、美波、秀吉と女子が奇数だからだろうか。

　僕がそう尋《たず》ねると、雄二は心外だといったように肩をすくめた。

「バカを言うな。俺はむしろ男女別を推奨《すいしょう》したくらいだ」

「え？　なんで――って、ああそっか。下手なことがあったら殺されるもんね」

「わかってもらえて何よりだ」

きっと霧島《きりしま》さんなら雄二のパートナーが女子だと判明した時点で、たとえ待機場所がどんなに離れていようとも何らかの措置《そち》をとるだろう。一途《いちず》な乙女の恋心《こいごころ》に不可能なんて存在しない、と言わんばかりに。

「こんな競技よりも、俺としては野球の方が重要なんだがな」

「…………同意」

雄二とムッツリーニが頷き合う。この二人はエロ本の為に修羅《しゅら》となっている。クラスの勝利という名誉よりも、エロ本の奪還という実利の方が何倍も重要なんだろう。

「そう言えば、次の相手は決まったの？」

中央（第一）グラウンドではこの通り従来の体育祭が行われて、校舎裏《こうしゃうら》にある第二グラウンドではさっきまで僕ら二年生の野球大会が、体育館では三年生の野球大会が行われていた。僕らの次の対戦相手はその三年生のクラスなんだけど、

「…………まだ試合中。延長戦」

「ふむ。うまくいけば次の試合は不戦勝になりそうじゃな」

時間の関係で、この野球大会は七回までに決着が付かないとドロー扱いになる。引き分けと言えば聞こえはいいけど、トーナメント表では両者敗退扱い。そうなれば、僕ら

は次の試合は不戦勝となる。

「まぁ、一応試合があるという前提で作戦を考えておくか……。確か、次の勝負は数学・物理・現国・政経・地理だったよな」

プログラムを取り出して確認する雄二。挙げられた科目は、ごく普通のラインナップだった。

「…………保健体育がない」

ムッツリーニが寂しげに呟《つぶや》く。雄二が持っているプログラムを覗《のぞ》き込《こ》むと、ムッツリーニの言うとおり、ここから先の勝負には保健体育が一つもなかった。

「ってことはムッツリーニは体育祭のクラス競技に参加？」

「そうだな。二回戦はそうしてもらうか」

「…………了解」

まさかのムッツリーニ戦線離脱。とは言え、保健体育がないのなら仕方がない。一般科目は僕よりも成績が悪いくらいなのだから。

「打順と守備位置もちょっと弄《いじ》る必要があるな。最初の科目が数学となると島田《しまだ》を1番でピッチャーに配置して……2番は須川《すがわ》あたりか。アイツはバントが上手《うま》そうだしな」

「僕はどうなるの？　数学は苦手なんだけど」

「数学も、だろ。どうせ後ろに回しても物理の点数が壊滅的《かいめつてき》なんだから、この際3番のままでお前もバントでもした方が良さそうだな。うまくいきゃここで1点取れるだろ」

「ん。了解」

雄二が打順と守備位置を次々と決めていく。

そうやって雄二たちと話をしていると、

「あ、あのっ、明久君っ」

不意に後ろから声をかけられた。この声は……姫路さん？

「ん？　どしたの姫路さん？」

振り向くと、予想通りそこには姫路さんと美波がいた。二人とも真剣な顔をしてどうしたんだろうか。

「別に用ってほどじゃないんだけど、ね」

「その……明久君は、何番ですか？」

「え？　何番って」

ああ、打順のことか。流石《さすが》は真面目な姫路さんだ。事前にポジションと打順を確認しておくなんて、苦手とは言っても野球勝負について真剣に考えてくれているみたいだ。

えっと、僕の次の試合の打順は、

「3番だよ。ナンバースリー」

「「はうぅっ！」」

答えると、姫路さんと美波はなぜか妙なうめき声を上げていた。僕の打順に何か不都合でもあるんだろうか。

「うぅ……。確かに低い確率だとは思ってたけど、ウチならきっといけるって思ってたのに……」

「酷いです、あんまりです……。こうやって堂々とひっつくことのできるチャンスなんて、滅多にないのに……」

二人は小さなメモを握りしめながら嘆《なげ》いている。

「あ～、そういうことか。安心しろお前ら。明久が言ってるのは打順のことだ。二人三脚のくじはまだ引いてないぞ」

そんな二人に雄二が諭《さと》すように告げた。

「「え？」」

打ちひしがれていた姫路さんと美波が同時に顔を上げる。ん？　さっきの何番って、二人三脚のペアのことを聞いてたの？

「そう言えば、野球の話ですっかり忘れてた。僕も早くくじを引かないと！」

あの連中に幸せを奪われてたまるかっ！

「あ、あのっ。明久君っ！」

「ちょっと待ってアキ！」

くじ箱に駆け出そうとすると、姫路さんと美波に呼び止められた。く……っ！　急がないと皆に幸せを奪われちゃうかもしれないってのに……！

「なに？　どうかした？」

「いえ。あの、その。なんというか、ですね……。私は7番なんですけど……」

「う、ウチは6番なんだけど……」

姫路さんと美波が言いにくそうに自分の番号を伝えてくる。7番と6番？　そっか。その番号を引けば当たりってことを伝えようと
「「絶対にその番号を引かないで（下さい）っっっ!!」」

僕も随分《ずいぶん》嫌われたもんだ。

「りょ、了解……。じゃあ、行ってくる……」

『お主《ぬし》ら、今の台詞《せりふ》は絶対に誤解されとると思うのじゃが……』

『だ、だって、相手はあの明久君ですから……。この番号を引いて下さい、なんて言ったら――』

『そ、そうよ。絶対にその真逆《まぎやく》の方向に進むに決まってるわ。坂本《さかもと》の番号とか、そのあたりを引いてくるのは目に見えてるもの』

『……お主らも、色々と苦労しておるんじゃな……』

まぁ、元々僕はくじ運とかあまり良くないし、どうせ当たりを引くなんてことはないだろうけど、ああやって言われると傷つくなぁ……。

とぼとぼと歩いてくじ箱を持つ須川君の前に立つ。

「さぁ吉井《よしい》。運命のくじを引くんだ」

「？　う、うん」

やけに神妙《しんみよう》な面持《おもも》ちの須川君に促され、箱の中に手を突っ込む。６番か７番を引くことができたら天国。確かにこれは運命のくじかもしれない。ここは気合を入れて、う〜ん……よし、これだっ！

ガサガサとくじを取り出して開いてみる。書いてある数字は——

「あ。６ば」

「殺《や》れ」

「「イエス、ハイエロファント」」

「バカな⁉　もう囲まれた⁉」

番号を言い切らないうちに覆面《ふくめん》集団に取り囲まれる。しくじった……！　迂闊《うかつ》に番号を読み上げたのが運の尽きか……っ！

『ろ、６番ね……。そっか、アキはウチとペアなんだ……』

『うぅ……。美波ちゃん、とっても嬉《うれ》しそうです……』

『そ、そう？　そんなに嬉しくなんて』

『嘘《うそ》ですっ。だって顔が輝いてますっ』

『う……』

『きっと、美波ちゃんはこのチャンスに明久君の胸とかお尻とかに触るつもりです……。狡《ずる》いです……』

『な、何言ってるのよ瑞希《みずき》っ。ウチがそんなことするわけ――って、はい？　触る？　触るって……何を言ってるの瑞希……？』

『あ……っ！　ち、違いますっ！　触るじゃなくて、えっと、その……仲良くなるつもり、の間違いですっ！』

『瑞希……。アンタ、アキに何をするつもりだったの……？』

一瞬で腕関節を極《き》められ、くじを奪われる。この連中、こういう時の体術《たいじゅつ》が半端じゃない……っ！

「さて。この６番のくじだが、オークションを」

「わかりました。美春《みはる》が言い値で買い取りましょう」

「「なんで清水《しみず》がここにいるっ⁉」」

「残念ながらこれはクラス内のもので――ん？」

「どうしましたか、会長」

「いや。これ……6じゃなくて、9だな。9番の見間違いだ」

須川君が手にしていくるくじを広げてみせると、確かに9という数字の下に、上下を見分けるためのアンダーバーが引かれていた。

「なんだ、9番か。驚かせやがって」

「人騒がせな」

「くだらないことで体力を消費しちまったぜ」

「所詮は吉井だな。数字すらまともに読めないなんて」

異端審問会のメンバーが次々と愚痴《ぐち》りながら去っていく。危なかった。本当に6番だったら、確実にやられていた……。

「あの、アキっ」

痛む肘関節をさすりながら戻る僕のところに、美波が駆け寄ってきた。

「ん？　なに美波？」

「なんて言うか、その……本番の前に、ちょっとそこらへんで脚を縛って練習でもどう？ほら、二人三脚ってチームワークが大事だから、息を合わせる為に先に少し練習しとかないと……」

美波が身振り手振りを交えて僕に提案する。

二人三脚の練習？　そっか。そんなに美波はクラス競技に力を入れているのか。クラスの勝利の為に貢献《こうけん》しようだなんて、とても良い考えだ。嫉妬心《しっとしん》で人を処刑した挙句くじを奪おうとしたクラスメイトたちに爪《つめ》の垢《あか》でも飲ませてやりたいもんだ。

「あ。けど、それならちゃんと自分のパートナーと練習した方がいいよ。その方がきっと役に立つし」

「別にウチはどさくさに紛れてアンタにくっつこうとかそういうわけじゃなくて――って、はい？」

「ほら。僕の番号は9番だからさ。美波は6番でしょ？」

さっき引いたくじを開いて美波に見せる。

残念だ。運動神経の良い美波がパートナーだったら僕もかなりやり易かっただろうに。

それにまぁ、色々と他にも嬉しいこともあるだろうし……。

「そ、そう。そうなの……。それなら、別にいいわ……」

僕がそう言うと、美波は心なしか肩を落として去っていった。美波も僕が相手の方がやり易いと思っていてくれたんだろうか。確かに結構気が合うし、そう思ってもらえていたのなら、それはすごく嬉しいことだ。

『ごめんなさい美波ちゃん。私、今ちょっとホッとしちゃいました』

『いいのよ瑞希……。ウチも同じ立場なら、きっとホッとしただろうから……』

戻っていった美波が姫路さんとボソボソと何かを囁《ささや》き合《あ》っている。女子同士の会話みたいなので、あまり聞き耳を立てたりしないで僕も雄二たちのところに戻るとしよう。

広げていたくじを畳んでいつものメンバーのところへ。すると、ようやく雄二たちも野球の作戦の話が終わったようで、打順を書いた紙をしまってこちらを向いた。

「なんだ明久。その様子だと当たりは引けなかったみたいだな」

からかうように雄二が言う。当たりを引いていたら今頃どこかに埋《う》められていただろうから、ある意味こっちが当たりと言えるかもしれないけど。

それはそうと、僕のパートナーは誰なんだろう。

「そう言えば、雄二たちは何番なの？」

「ん？　そういや、まだ引いてなかったな。アイツらが落ち着くのを待っていたらすっかり忘れてた」

「ワシもじゃな」

「…………同じく」

この三人はまだパートナーが決まってなかったみたいだ。僕のパートナーになる9番もまだ誰も引いてないようだし、きっと三人のうちの誰かが僕のパートナーになるんだろう。そういうことなら……

「頼んだよ、秀吉。なんとしても9番を」

「んむ？　なんじゃ、明久はワシと組みたいのかの？」

「そりゃそうだよ。当たり前じゃないか」

雄二、秀吉、ムッツリーニの三択なら僕は迷わず秀吉を選ぶ。確かに勝利の為には雄二やムッツリーニがパートナーになった方がいいかもしれない。でも、そうじゃない。勝ち負けよりももっと大事なことが、世の中には沢山あるのだから。

「んじゃ、ちょっくら引いてくるか。名目上は野球大会よりも体育祭のクラス種目が優先されるわけだしな」

「……表面上は参加しないと拙《まず》い」

「そうじゃな」

三人がくじ引きの箱に向かって歩いて行く。見たところ、くじ引きを終えていないのはあの三人のみ。そして、パートナーが決定していないのは僕と姫路さんと美波。これはくじの結果次第では血の雨が降ることになるだろう。

誰もが固唾《かたず》を呑《の》んで見守る中、最初に秀吉がくじを引く。頼む秀吉。9番を……！

『む。９ば――』

「っしゃぁ全員かかってこいっ！　僕は死んでもこのくじを守りきってみせるっ！」

「「「生きて帰れると思うなよボケがぁっ！」」」

一瞬で膨《ふく》れ上《あ》がった殺気《さっき》に負けないように声を張り上げ、拳を構える。競技開始まであと少し。それまでは何がなんでも生き残る！

『――ではないの。６番じゃ』

「「「…………………」」」

殺気が一瞬で萎《しぼ》んでいく。それと同時に僕のやる気も消えていった。６番ってことは、秀吉は美波とペアか……。残念なような、ホッとしたような……。

これで、残されたくじは７番と９番。僕か姫路さんの番号だ。

『…………（がさごそ）』

ムッツリーニが箱の中に手を入れる。ヤツにとってもここは勝負所だ。姫路さんのパートナーになるということは、彼女の色々と自己主張の激しい部分との嬉しい接触を果すことになる。あの男はたとえそれで命を落とすことになろうと、躊躇《ためら》いなくその幸福へと身を委《ゆだ》ねるだろう。そんな羨《うらや》ましいことは許されない。

ムッツリーニが自らの運命が記されたくじを取り出し、その中身を改める。さて、何番だ……？

『…………９ば――』

『さらばだっ！』

『逃がすな！　坂本を捕らえて血祭りに上げろ！』

『『『おおおーっ!!』』』

この間、一秒未満。ムッツリーニが僕とパートナーになると発覚した瞬間に、残った雄二が姫路さんとペアになると判断しての素早い行動だ。うんうん。皆があの憎い男を処刑したいと考えるその気持ちもわからないでもない。

体育祭という行事に相応《ふさわ》しい速さで全力疾走する雄二とクラスメイトたちを眺《なが》めていると、くじを引き終えた秀吉とムッツリーニが戻ってきた。

「まったく、皆元気がいいね」

「…………騒がしい」

「なんじゃ。明久は雄二を処刑しようとはせんのか？」

僕が落ち着いているのを疑問に思ったのか、秀吉がそんなことを聞いてきた。まぁ、確かに自分の手でやってやりたいという気持ちもあるにはあるけど……。

「大丈夫。僕がそんなことをしなくても霧島さんが」

『……浮気《うわき》は許さない』

『ぐぁああぁっ！　翔子《しょうこ》!?　お前はどこから湧《わ》いたんだ!?』

「――霧島さんがやってくれるから」

「なるほど。どちらにせよ、雄二の命は風前《ふうぜん》の灯火《ともしび》じゃったか……」

雄二の顔面に、いつの間にか現れた霧島さんの細い指がどんどん食い込んでいく。あれは痛い。

『……ところで雄二』

『おい待て翔子。この状態で何事もないように話を始めるな。普通は手を緩《ゆる》めるだろ』

『……お義母《かあ》さんから、何か預かってない？』
『ん？　お袋から？　ああ。あれなら』
顔面を鷲掴《わしづか》みにされつつ会話を続ける雄二。
待てと言いながら結局そのまま話ができる雄二も普通じゃないと思う。
『……あれなら？』
『持ち物検査の日に、お前の持っていた袋に入れておいた』
『……袋って』
『あの、催眠術《さいみんじゅつ》の本とかが入っていたやつだ』
『…………………………本当に？』
『本当だ』
『……嘘じゃ、ない……？』
『嘘じゃない』
『…………………』
『？　どうした翔子。それがどうかしたのか？』
『……んて……とを……』

『だから、どうした――』

『……なんてことを、してくれたの……っ！』

『ぎゃぁあああっ！　死ぬほど痛ぇえええっ！』

『……あの袋、中身ごと全部没収されたのに……！』

『ぐぎゃぁああ――ぁぁ……』

パキュッと乾いた音がしたかと思うと、雄二は力なくその場に横たわった。

『……雄二の……バカ……っ』

そんな雄二を捨て置いて、霧島さんは走り去って行った。

仕方ない。軽く介抱してやるか。あそこに寝ていられても邪魔だし。

「雄二。何をやったのさ」

歩み寄り、雄二の腕を引いて身体を起こさせつつ、ちょっと訊《き》いてみる。すると、雄二は頭を振りながら答えた。どうでもいいけど、あの攻撃を受けてすぐに起き上がれるのは、人の身体としてちょっとおかしいと思わなくもない。

「ああ……。どうも俺のせいでお袋に預けていた物を雑誌類と一緒に没収されたらしいが……」

「預けていた物、ねぇ」

あの様子だと、結構大事な物だったみたいだけど。

「お袋に預けた、となると――まさか、婚姻届《こんいんとどけ》の同意書かっ！」

ああそっか。雄二も霧島さんも未成年だから、両親の同意が必要なのか。折角《せっかく》手に入れた書類を没収されたんだから、そりゃ怒るわけだ。

「危なかった……。そういうことなら、あの持ち物検査に感謝してもふぐぅっ！」

再びドサリとその場に倒れる雄二。その後ろでは、クラスメイトの皆がスタンガンを持って立っていた。


『連れて行け』

『『『ハッ』』』


ぐったりとした雄二が担《かつ》ぎ上《あ》げられて、そのまま校舎裏の方へ連れて行かれる。間違いなく酷い目に遭《あ》うだろうけど……まぁいっか。生かしておいても面倒だし。それより僕は僕で、自分の二人三脚の心配をしよう。

「とりあえず、僕のパートナーはムッツリーニってことだよね。宜《よろ》しく」

「…………宜しく」

　グッと握手を交わす僕ら。こと速さに関してなら、ムッツリーニは雄二にも勝る。勝負の上では最高のパートナーが来てくれたということになるだろう。

「木下はウチとペアよね。宜しく頼むわ」

「そうじゃな。宜しく頼むぞい」

　秀吉と練習をする為か、美波がいつの間にか近くに来ていた。その隣には不安そうに表情を曇《くも》らせている姫路さんもいる。

「私は坂本君とペアですか……。脚を引っ張っちゃわないか心配です……」

「ああいや、その心配はいらないんじゃないかな」

　多分満足に走れる状態じゃないだろうから。

　結局組み合わせは【僕&ムッツリーニ】【美波&秀吉】【姫路さん&死体】ってことになる。まともな男女のペアはできていないけど、これはこれで良かったのかもしれない。

「？　なによアキ。パートナーが木下じゃなくて土屋だったのに、ちょっと嬉しそうじゃない」

「え？　そ、そう？」

　別にムッツリーニがパートナーだから嬉しいってわけじゃないけど、女子勢が誰かとペアになるってことがなくてホッとした……なんて正直に言うのはなんだか恥ずかしい。

とりあえず冗談でも言って誤魔化《ごまか》しておこう。

「まぁ、ムッツリーニなら雄二よりはいいよね」

「ふ～ん。どうして？」

「だってほら。可愛《かわい》かったからさ」

「「…………は？」」

美波とムッツリーニに真顔で聞き返される。

「前に海でムッツリーニが女装したじゃない。あれが結構可愛かったと――あ痛っ」

なんて話していると、突然軽く頭を叩かれた。誰だっ。

「……。すまぬ、明久」

振り向くと、そこにはちょっと不機嫌そうな顔をしている秀吉がいた。え？　今のって秀吉がやったの？

「秀吉？　どうしたのさ」

「むぅ……。何やらわからぬが、つい手が出てしまっての……」

「？　そうなの？　まぁ、別にそんなに痛くなかったからいいけど……」

文字通り手が滑ったってやつだろうか。秀吉が人を叩くなんて考えられないし、きっと何かの偶然だろう。……前に関節技をかけられたことがあるような気もするけど。

「最近、明久君の好みの幅が広すぎて困ります……」

「…………変態《へんたい》」

「ご、誤解だよ二人ともっ！　別に僕は本気でムッツリーニの女装姿に興味があるわけじゃなくて、純粋に勝負で勝ちやすいパートナーだから嬉しいだけで！」

遠巻きにこちらを見ている姫路さんとムッツリーニに弁明《べんめい》する。というか、ムッツリーニに変態と呼ばれるなんて不本意《ふほんい》この上ない！

「……へぇ～。アキ、アンタ凄い自信じゃない」

僕の勝ちやすい、という発言に思うところがあったのか、美波がそんなことを言ってきた。凄い自信って言われても。

「まぁ、ムッツリーニは知っての通りだし、僕も運動は苦手じゃないからね」

100メートル走のタイムもムッツリーニには少し負けるけど、それなりの数字が出ている。息さえ合えば大抵の相手とは良い勝負ができるんじゃないだろうか。

「ふぅん、そうなんだ。……………それじゃ、さ」

「ん？」

「ウチらと——勝負、してみない？」

「え？　勝負？」

「そ。ウチと木下と。確か一回で各クラス二組ずつ出場だったでしょ？」

そういえばそんな感じになっていた気がする。各学年ごとの勝負で、A～Fクラスからそれぞれ二組、合計十二組で横一列の競走だ。折角の申し出だし、美波と勝負をしてみるのも面白いかもしれない。

「うん。オッケー。それなら勝負しよう」

そう考えて返事をすると、

「それで、負けた方は罰《ばつ》ゲームね」

「へ？」

美波が更に条件を加えてきた。

罰ゲーム、罰ゲームか……。美波が相手となると、その罰の内容はどんなものになることやら……。考えるだけで恐ろしい。

「なによアキ。まさかアンタ、女子のペアが相手なのに勝つ自信がないの？」

「いや島田。ワシは女子ではないのじゃが」

美波の挑発的な台詞が聞こえてくる。

む。言ってくれるじゃないか。勉強なら自信がないけど、こういった運動でならそう負けやしない！

「そ、そんなことはないさっ！　オッケー、その勝負受けた！」

よく考えれば僕はしょっちゅう雄二と勝負をしているんだ。あの男の汚いやり口や、えげつない罰ゲームに比べたら、美波との勝負なんて余裕に決まってる。誰がビビるもんかっ！

「じゃあ、ウチから提案する罰ゲームなんだけど」

「うん。何でも言いなよ。勝ってみせるからっ」

「ウチが勝ったら——」

「うんうん」

「——ちょっと、付き合って」

「へ？　ちょっと付き合うって……週末とか？　買い物にでも行くの？」

さては荷物持ちとして僕を利用するつもりか。女の子の買い物は長いって言うし、美波がこんな提案をしてくるんだ。相当な量の荷物を持たされるのかもしれない。

「う、うん。まぁそんなところ。買い物とか、ご飯とか、映画とか、色々」

「そ、そんなに一杯……。一日で回り切れるかな……？」

かなりのハードスケジュールになりそうだ。美波が罰ゲームと言うのもわからなくもない。

「……別に、一日だけっていうつもりじゃないから……」

美波が聞こえないくらい小さな声で何かを囁いた。まだ何か他にも企《たくら》んでいるんだろうか。

「ん～……まぁでも、それくらいならいっか。乗ったよ。その代わり僕が勝ったら——

そうだなぁ、ご飯でも奢《おご》って貰おうかな」

「わかったわ。約束する」

「これで賭《か》けは成立だね」

「そうね。……ウチが勝ったら——本当に、付き合ってもらうから」

この真面目な口調。もしかしたら、凄い高い食事とか、思いっきり大変な作業とか、あるいは面白がって女性用下着売り場とか、そういったことに付き合わされるのかもしれない。


『これより、第二学年の二人三脚を行います。二年生の生徒はスタート位置に集合して下さい』


丁度そこで響き渡る集合のアナウンス。

まぁ、負けなければいいんだ！　約束した以上、男に二言はないっ！

「よしっ。ほらそんな遠巻きに僕を見てないで、そろそろ行くよムッツリーニ！　最高のタイムを叩き出そう！」

「…………あまりくっつくな、明久」

「いやだからそれは誤解だってば！」

頑なに僕から距離を取ろうとするムッツリーニの誤解を解きつつ、僕らは二人三脚のスタート地点へと歩いて行った。

☆

多くの参加者が並んでざわめくスタート地点。約束通り僕は美波&秀吉ペアと勝負をする為に、二人と同じ列に並んでいた。

『位置について！　用意――』

――パァン

乾いた音が鳴り響き、前方に並んでいた走者が一斉に走り出す。僕らの出番は次の次。そろそろ心の準備をしておこう。

関節や筋肉をほぐす為に軽く動かしつつ、頭の中で走り出しのシミュレーションを行う。出だしは調子を合わせる為に様子見だ。そして、徐々にペースを上げていけばいいだろう。

「…………………」

隣では同じタイミングで走る美波が待機している。緊張しているのか、やけに真剣な顔をしていた。

「美波、随分とやる気だね」

「えっ!?　そ、そう？　そんなことないけど？」

「あはは。何をそんなに緊張してるのさ」

「き、緊張なんて――」

「してないの？」

「……してる、けど……」

「ほら、やっぱり。クラスの為に真剣なのはいいけど、もう少しリラックスしないと勝てるものも勝てないよ？」

美波は遠目で見てもわかるってくらい全身を緊張させている。何をそんなに入れ込んでいるんだろう。

「……………でも、絶対に――勝ちたいから……」

美波が小さく呟いた台詞が、微《かす》かに聞こえてきた。

凄く真摯《しんし》な目をしてスタートラインを見ている。何をそんなに真剣になっているのかはわからない。けど、向こうがそこまで本気になっているのなら、相手をするこちらも本気で臨むのが礼儀だろう。

『位置について！　用意――』

合図とともに目の前の組が走り出す。次は僕らの番だ。

「やろうムッツリーニ。僕らがトップでゴールするんだ」

「…………（コクリ）」

「お願い、木下」

「うむ。全力を尽くそう」

「わかりました。美春も頑張ります」

固唾を呑んでスタートを待つ。さて、いよいよ勝負だ。

『次の組。位置について！　用意――』

パァンという乾いた音と同時に、僕とムッツリーニは動き出した。まずは左足、次は右足、また左足と、リズム良く交互に足を出していく。これは良い感じだ。

徐々にペースを上げていき、やがてトップスピードに乗る。これが二人三脚であることを忘れてしまうほどの、何の差《さ》し障《さわ》りも感じさせない疾走感《しっそうかん》。誰も隣にいないと思わせてしまうほどの一体感。完全に呼吸の合ったペアは、その存在すら忘れさせる。

だから、だろうか。


『あのチーム……。なんで三人四脚になってんだ……？』

美波が秀吉の他に、清水さんとも脚を縛られていることに気付いていないのは。


『え⁉　あ、あれ⁉　美春⁉　ちょっとアンタなにしてんのよ！』

『ああ、お姉様……。密着しても決して存在を感じさせない、その奥ゆかしいお胸がたまりません……』

『ドサクサに紛れてどこ触ってんのよ！　さっさと離れなさい！　この勝負は、ウチにとって凄く大事なものなんだから！』

『何を言ってるのですか！　美春はお姉様の為を思ってこそ、こんな行動に出ているのです！』

『これのどこがウチの為よ！　ウチのことを思うなら――ってちょっとぉぉぉっ⁉　今アンタ背中に手を回してホック外さなかった⁉』

『大丈夫です！　お姉様なら固定しなくても何の邪魔にもなりませんから！』

『アンタ後で覚えてなさいよ！』

『はいっ！　この感触、絶対に忘れませんっ！』

『そういうことを言ってんじゃないのよ！』

『ワシは、こんな時はどうすればいいのじゃ……？』


気がつけば僕らはトップでゴール。勝負は一応僕らのチームの勝ちだけど……。

「はぁ、はぁ、はぁ……。美春、アンタねぇ……！」

「お姉様、素敵でした……」

「なんというか、異様に疲れる二人三脚（？）じゃったぞ……」

僕らが脚を縛るヒモを解《ほど》いていると、すぐに美波たちのペア（？）がやってきた。

三人四脚で二位って、なんだかトップを取るより凄いことのような気がしてならない。

「美春！　アンタのせいで負けちゃったじゃない！」

「では美春はこのへんで失礼します！　またお会いしましょうお姉様！」

「あっ！　こら！　美春――っ!!」

美波に頭を下げて、僕を一睨《ひとにら》みすると、清水さんは脱兎《だっと》のごとくその場から去っていった。

「……まったく、あの子は……！」

怒りながらも、苦笑いを浮かべる美波。あれ？　勝負を邪魔されたのにあまり怒ってない？

「いいの、美波？」

「え？　何が？」

「いや。清水さんが入っていたから負けたかもしれないのに」

「それは……まぁ、そうかもしれないけど」

「でしょ？」

三人四脚であの速度なんだ。二人三脚なら勝負はどうなっていたのかわからない。だというのに、

「でも、ちょっと冷静になったら、これで良かったような気がしてきたから」

美波はそれをちっとも気にした風には見えなかった。走る前はあんなに勝ちたそうだったのに。

「？　これで良かったって」

「あんな卑怯《ひきょう》なやり方をしたら——その場は良くても、いずれ後悔しちゃうかも、って今更になって思っただけ」

あんな卑怯なやり方……？　なんだろう。常に卑怯卑劣悪辣《ひれつあくらつ》な連中と触れ合っている

僕を前にして、それでも後悔するほど酷いこと……。考えるだけで身震いしてきた。これは清水さんに感謝しておくべきかもしれない。

「じゃあ、賭けは無効ってことで。勝負自体が成立してなかったからね」

「え？　ううん。あれはウチの負けでいいわ。約束通り、今度ご飯奢ってあげる」

「いや、それは悪いよ。ちゃんとした勝負じゃなかったんだから」

「ウチがいいって言ってるから、いいのっ。それともなに？　ウチの奢るご飯は食べられないって言うの？」

「う〜ん……。じゃあ、お言葉に甘えて」

「うん。宜しいっ」

そう言って、美波は晴れやかに笑った。

「ところで島田よ」

そこに、さっきまで黙っていた秀吉が躊躇いがちに声をかけてきた。

「ん？　どうかした、木下？」

「いや。その……まだ外れておるようじゃが、着け直さんでも良いのか？」

「え？」

秀吉が自分の胸元をトントン、と指先で叩く。

実は、僕もずっとそれが気になっていたんだけど……。

「あ……。ち、違うのよ！　別に外れていても大差がないとか、違和感がないとか、そういうのじゃないんだからぁーっ！」

美波が胸元を押さえて校舎の方へと爆走《ばくそう》していく。そうか……。支えがなくても違和感がないから気付かないのか……。

「…………（クタッ）」

隣では人知れず、ムッツリーニが出血多量で倒れていた。

MINAMI SHIMADA

# 【第五問】

雄二「と言うわけで、野球をほとんど知らない姫路に、簡単に野球のルールについて説明をしようと思う」
明久「僕らが教えるなんて、いつもとは逆の立場だね」
瑞希「よ、宜しくお願いします」
雄二「今回は、〝ボーク〟などの反則行為についてだ」
瑞希「ボーク、ですか？」
雄二「そうだ。これはピッチャーの投球や送球における反則行為の一つなんだが——」
瑞希「反則ですか。具体的にはどういうものなんですか？」
明久「例えば、プレートに足を着けた状態で一塁に牽制球を投げるフリをして、実際には投げないとか」
雄二「つま先を打者方向に向けたままでの牽制球とか」
明久「あとは、二段モーションって言って——投球動作中に少しでも全身の動きが止まったりすると、これも反則になるんだよ」
瑞希「ええと、つま先を打者に向けての牽制球に、二段モーション……」
雄二「要するに、ピッチャーが球を投げる時は、バッターに対して【紛らわしい・思わせぶり】と取られるような行動をしちゃいけないってことだ」
明久「バッターが『来る！』と思っていたら牽制球だったり、『来ない』と思っていたらいきなり投げてこられたり、なんてされたら大変だからね」
瑞希「なるほど……。思わせぶりな行動はボーク、ですか……」
雄二「ああ。大まかにはそう考えてもらって構わない」
瑞希「じゃあ、明久君」
明久「ん？　なに？」
瑞希「ボークです」
明久「へ？」
瑞希「ボークです」
明久「何を言ってるの、姫路さん？」
瑞希「明久君は、ボークです」
明久「？？？　えーと……」
雄二「やれやれ……。ツッコむ気にもなれねぇな……」

三－Ｅ対三－Ｆの試合は結局勝負がつかず、僕らの不戦勝が決定。

そして、

「いよいよ準決勝なわけだが」

「確か、相手は三－Ａだっけ？」

「ああ。あの常夏《とこなつ》コンビがいるクラスだ」

ついこの間、肝試《きもだめ》しで対決したばっかりだってのにまたこうして相対するなんて。あの二人とは何か因縁《いんねん》めいたものを感じる。

「んむ？　ということは、二－Ａは負けたということじゃな？」

「そうなるな」

「負けたって、あの霧島《きりしま》さんがいるのに？」

Ａクラスには代表を務める霧島翔子《しょうこ》さんがいる。姫路《ひめじ》さんですら敵《かな》わない成績を誇る彼女がいるのに、常夏コンビごときに後《おく》れを取るなんてどういうことだろう。

「ん～……まぁ、姫路程じゃないにせよ、アイツも野球はあまり詳しくないからな。その辺が原因で負けたんじゃないか？」

「それに、三年にも霧島クラスがおったのかもしれんしの」

「う～ん、そういうもんかな」

とにかくあのＡクラスが負けた相手となると、こっちも気合を入れて勝負する必要がある。せいぜいこっちが得点できるチャンスがあるのは一回か二回程度だと考えておいていいだろう。

「ここでごちゃごちゃ考えていても仕方がないだろ。さっさとグラウンドに行こうぜ」

「それもそうだね。会ってみればわかるんだから」

二－Aが負けたというのは気になるけど、これはこれで助かるかもしれない。なにせ、こっちの勝利の鍵は代表の雄二《ゆうじ》が立てる作戦だ。雄二の性格を知り尽くしている霧島さんが率いる二－Aよりは、点数が高いだけの三－Aの方がやり易いような気がする。

「ちなみに雄二」

「ん？　なんだ明久《あきひさ》」

「二－Aが勝ち上がってきたらどうするつもりだったの？」

コイツのことだ。きっと二－Aが相手だった場合の対策はすでに考えてあったに違いない。

「久保《くぼ》を懐柔《かいじゅう》して十人対八人で勝負する予定だった」

尋ねると、雄二は何気なくそう言った。十人対八人ねぇ……。そりゃ、それができるのなら成績差くらい跳ね返せるほど有利になるだろうけど……。

「久保君を懐柔って、何言ってるのさ。あの久保君がそんな汚い行為に手を染めるはずがないじゃないか」

「……そうか。そう思っていられるのなら、お前はそのままの方が幸せなのかもしれないな……」

「真実の久保はヨゴレた好意に身が染まっておるからの……」

「…………知らぬが仏《ほとけ》」

「え？　何？　どうして久保君の話をすると皆そんな慈愛《じあい》に満ちた目で僕を見るの？」

まるで遠くに行ってしまう友人を見送るような目だ。解《げ》せない。

「して雄二。この試合はどんな作戦で行くのじゃ？」

「ああ。正直、三－Aが相手とは言っても、翔子や久保がいる二－Aが負けるとは思っていなかったからな。殆《ほとん》ど作戦なんてないんだが――」

とは言いながらもコイツのことだ。何か作戦があるに違いない。

「――奴らの召喚獣《しょうかんじゅう》を殺そうと思う」

なるほど。実にわかりやすい作戦だ。

「もう既にスポーツマンシップという概念《がいねん》は消え失せておるようじゃな……」

「最低の作戦ね……」

「殺す……？　アウトにするってことですか？」

姫路さんだけは雄二の言っていることがいまいちよくわかっていないようだった。

「わかった。乱闘《らんとう》で相手を再起不能にするんだね？」

「……誰を狙えばいい？」

「なにゆえお主らは躊躇《ためら》いもなくその作戦を受け入れられるのじゃ……」

暗殺盗撮隠匿隠密《あんさつとうさついんとくおんみつ》とスポーツマンシップから最も縁遠《えんどお》いムッツリーニが何の抵抗もなくその作戦を受け入れている。僕はムッツリーニと違って、常日頃はスポーツマンの鑑《かがみ》とも言える精神の持ち主なんだけど、今回だけは目的が目的だ。卑怯《ひきょう》な手段に手を染めるのも致し方ないだろう。

「いや、別に乱闘じゃなくてもいい。奴らを殺す手段は直接攻撃以外にも色々とあるからな」

「そっか。タックルをしたり、デッドボールを狙っていったりもできるよね」

「……振り切ったバットを相手に投げつけてもいい」

「ああ。理解が早くて何よりだ」

「お主らは真性の外道《げどう》じゃな！」

外道とは心外《しんがい》な。ルールに対して柔軟な思考を抱いていると言って欲しい。

すると、そんな僕らに美波《みなみ》が呆《あき》れたように言った。

「アンタらねぇ……。そんなことをして、相手に『卑怯だ！』って文句言われても知らないわよ？」

卑怯？　文句？　彼女は何を言っているんだろう？

「ふふっ。わかってないなぁ美波は」

「全くだ。島田《しまだ》には俺たちのスポーツマンシップが全然伝わっていないらしい」

「…………理解不足」

僕と雄二とムッツリーニが肩を竦《すく》めてみせる。やれやれ、勉強不足にも程がある。

「な、なによアンタら。何が言いたいのよ」

「いいかい、美波？」

戸惑う美波に、諭すように三人で一斉に告げる。

「「「卑怯汚いは敗者の戯言《たわごと》」」」

「アンタら最低過ぎるわっ！」

これは勝負の鉄則だ。目的が明確な今、勝利の為に手段を選んでいる場合じゃない。

「んむ？　じゃが、向こうの召喚獣を行動不能にしたところでこちらの勝ちになるわけではなかろう。そのあたりはどうするのじゃ？」

そもそもこちらの点数ではろくに相手にダメージを与えられんのではないかの、という秀吉の素朴な疑問。そう言えばそうだ。相手を倒しにかかるのはいいけど、その後はどうするんだろう。

「相手は三年だからな。持ち物検査が俺たち二年にしか行われなかった以上、向こうの優勝に対するモチベーションはこっちほど高くはない」

「ま、そりゃそうだろうね」

没収品を取り戻そうという僕らのやる気と、ただ学校行事だからということで参加している向こうのやる気は、天と地ほどに差があることだろう。

「だから、そのモチベーションの差を利用する」

「モチベーションの差を利用するって言われても……」

「ま、いいから見てろ。どうせ他に方法はないんだからな」

「んー。一応了解」

「…………了解」

それ以上の作戦の説明もなく、僕らはとりあえず試合のあるグラウンドへと向かっていった。


『……たまに、あんなヤツのどこがいいのかわからなくなるわ……』

『外道な手段を駆使して、求めるものがエロ本じゃからな……』

『あ、あはは……』

☆

『――トライッ！　バッターアウッ！』

審判のコールが響き渡り、1番打者の美波が戻ってくる。流石《さすが》は三年生のAクラス。球の速度もコントロールも申し分ない。

「ごめん。あれはちょっと打てないわ……」

「気にするな島田。点数差が点数差だ」

雄二が監督みたいに美波に声をかける。この回の科目は化学。得意科目というわけでもないのだから、打てないのも仕方がない。それに、雄二の作戦では重要になってくるのは打撃じゃない。ラフプレイだ。この際打てる打てないは関係ないだろう。

『試獣召喚《サモン》』

2番打者の須川《すがわ》君が召喚を開始する。ちなみに、この勝負での打順と守備位置はこんな感じだ。

1番　サード　　島田美波

# 三回戦　3−A戦　Fクラス　スターティングメンバー

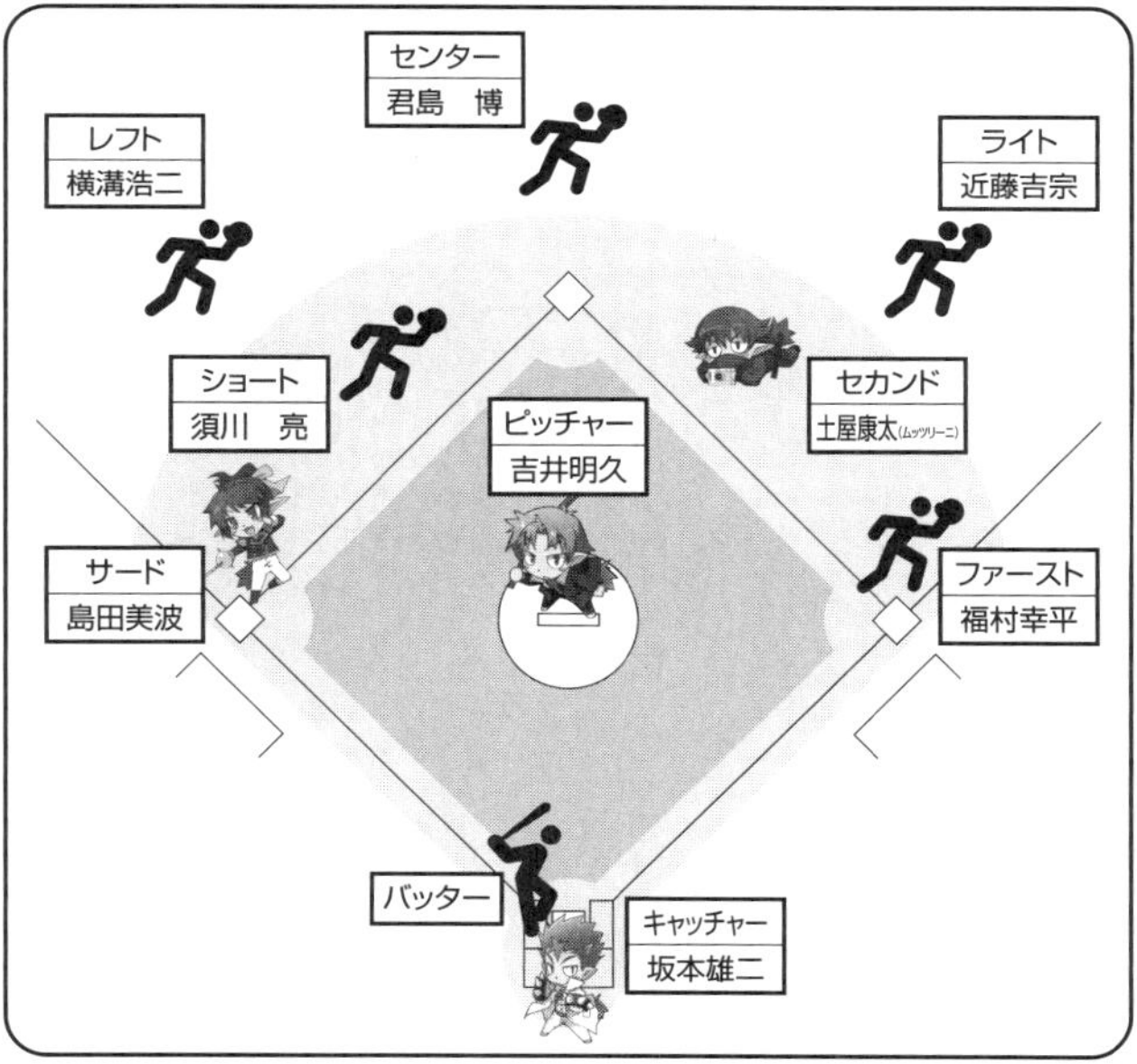


| 打順 | 1番 | 2番 | 3番 | 4番 | 5番 | 6番 | 7番 | 8番 | 9番 |
|---|---|---|---|---|---|---|---|---|---|
| | 島田美波 | 須川　亮 | 吉井明久 | 坂本雄二 | 近藤吉宗 | 土屋康太(ムッツリーニ) | 君島　博 | 福村幸平 | 横溝浩二 |

| ベンチ | 補欠 |
|---|---|
| | 姫路瑞希 |
| | 木下秀吉 |

システム管理者：藤堂カヲル

2番　ショート　須川亮《りょう》
3番　ピッチャー　吉井《よしい》明久
4番　キャッチャー　坂本《さかもと》雄二
5番　ライト　近藤吉宗《こんどうよしむね》
6番　セカンド　土屋康太《つちやこうた》（ムッツリーニ）
7番　センター　君島《きみじま》博《ひろし》
8番　ファースト　福村幸平《ふくむらこうへい》
9番　レフト　横溝浩二《よこみぞこうじ》

初《しょ》っぱなからいきなりラフプレイ続出というのは都合が悪い、とかいう話で1番の美波には普通に打ってもらった。須川君とその次の僕には、様子を見つつもやれそうならやるように、と指示が出ている。最初の美波のクリーンなプレイで向こうが油断してくれていたらいいいんだけど……。

『Aクラス　夏川俊平《なつかわしゅんぺい》　VS　Fクラス　須川亮
化学　244点　VS　59点　』

例によって、向こうのバッテリーは坊主頭《ぼうずあたま》とソフトモヒカン頭でお馴染《なじ》みの常夏コンビ。二－Ａとやった時は違う人たちがバッテリーを組んでいたって話だから、相手が僕らだと知ってわざわざマウンドに上がってきたのかもしれない。そういう性格の連中だから。

『59点か。こいつぁまた、随分貧相《ずいぶんひんそう》な点数だな』

マウンド傍に立つ坊主頭がこちらの点数を見て愉《たの》しげに嗤《わら》う。相変わらず人を見下した態度をとる先輩だ。

須川君は点数のことを揶揄《やゆ》されても特に気にした風もなく、召喚獣にゆっくりとバットを構えさせた。流石はＦクラスメンバー。バカにされるのには耐性ができている。

『けっ。言い返す勇気もねぇのか。腰抜けめ』

小馬鹿にするように言い捨てると、坊主頭の召喚獣が投球の構えをとる。振りかぶった腕に力を溜めて、一拍置いてからその力をボールに込めて投げ放つ。

『ツトライッ』

瞬《まばた》きする間に、ボールはキャッチャーであるソフトモヒカン頭の召喚獣が構えたミットの中に収まっていた。さっきも見たけど、やっぱり速い。

『どうした？　ど真ん中だぜ？』

ニヤニヤと下卑た笑みを浮かべながら、キャッチャーから返されたボールを受け取る坊主先輩。須川君はそれに反応することなく、黙ってバットを構えていた。

そんな須川君の様子を見て、つまらなそうに鼻をならしてからピッチャーが第二球を振りかぶる。

『ットライク、ツー！』

第二球も見逃して、これで2ストライク。須川君はじっと様子を見ている。冷静に相手の球を分析しているようだ。

『お前で三振は二人目だな』

坊主先輩が立て続けに三球目を振りかぶる。そして、さっきまでとなんら変わらないモーションで――さっきよりも数段遅いボールが放たれた。

間を崩されたのか、須川君はバットを振らずに棒立《ぼうだ》ちになっている。ボールのコースはストライクゾーンに入っているし、これは……

『ストライク、バッターアウトッ！』

坊主先輩の宣言通り、須川君は三振に終わってしまった。これでランナーなしのツーアウト。

『おいおい。折角《せっかく》緩《ゆる》い球投げてやったんだからちゃんと打てよな？』

わざとこちらを挑発するように言い放つ坊主先輩。さっきのこちらをバカにしたような投球といい、さてはこの体育祭の準備を全てやらされていることを根に持っているな？　肝試しで賭《か》けを提案してきたのはそっちだっていうのに。

「須川君、どうだった？」

二－Ｆベンチに戻っていく須川君とすれ違う時に、小声で話しかけてみる。今の打席で、何か攻略の糸口を見つけていたりしないだろうか。

「ダメだ。全く見つからない」

「そっか……」

「どこを探しても、この前のエロい着物姿の先輩が見つからない……！」

「なるほど。それはそれでありがたい情報だよ」

これで僕はあの先輩を探さないで済む。ちょっと……いやかなり残念だけど、試合に集中できるという意味ではありがたいかもしれない。

「テメェで三つ目の三振だな、吉井明久」

バッターボックスに入る僕にマウンド上の坊主先輩が告げる。

『Ａクラス　夏川俊平　ＶＳ　Ｆクラス　吉井明久
　化学　　２４４点　ＶＳ　57点　』

少し遅れて彼我《ひが》の点数が表示された。わかってはいたけど、この点数の差はかなり苦

しい。余程の当たりでない限り、外野の頭を越えることはないだろう。けど、

「そう簡単に僕らは負けませんよ、変川《へんかわ》先輩」

「おい待て。今俺の名前と変態《へんたい》という単語を混ぜて斬新《ざんしん》な苗字を作らなかったか」

「あ、すいません。変態先輩」

「違う！　俺は変態に統一しろって言ってるんじゃねぇ！　夏川に統一しろって言ってんだよ！」

「すいません。どうにも紛《まぎ》らわしくて」

「紛らわしくねぇよ！　〝夏川〟と〝変態〟だぞ⁉　共通点は文字数くらいじゃねぇか！」

「まぁまぁ、そう熱くならないで下さい夏川変態」

「響きが似てるからって今度は〝先輩〟と〝変態〟を間違えんなぁーっ！」

因縁《いんねん》の対決を目の前に、坊主先輩もヒートアップ。まるでスポ根漫画のようだ。

「テメエ、吉井明久……！　絶対に殺す……！」

坊主先輩の召喚獣が第一球を振りかぶって、勢いよく投げる。

『ストライッ！』

最初っからど真ん中に直球。僕はその球に手を出したりはせず、じっと様子を見ていた。

「へっ。手が出ねぇみたいだな」

そんな僕の様子がお気に召したのか、キャッチャーからの返球を受け取った坊主先輩がご機嫌に鼻を鳴らす。

そして、第二球が投げられた。

『ストライク！』

またしても、向こうの投球はど真ん中。

「なんだ。随分とおとなしいじゃねぇか」

さっきの須川君同様、二球続けて見送る僕に、坊主先輩がつまらなそうに吐き捨てる。

「様子を見ているんですよ。次でぶっ飛ばす為にね」

「様子見？　ハッ！　正直に言えよ。本当は単純に手も足も出ないだけなんだろ？」

「…………」

そんな挑発には応《こた》えず、黙って次の球に備える。

敵の投球は、美波や須川君に対してのものを含めても、今のところど真ん中のみ。あの先輩の性格だ。きっと僕を三球三振で打ち取る為に次もど真ん中に来るだろう。

「けっ。ジーッとボールばかり見やがって。男気のねぇ連中だな」

返球を受け取りながらも、様子見の姿勢を崩さない僕への罵倒《ばとう》を忘れない坊主先輩。

確かに、僕はさっきからずっと見ている。観察している。但《ただ》し——見ているのはボールではなく、投球後のピッチャーの立ち位置。坊主先輩の召喚獣は、一球目も二球目も投げ終わりは同じ場所に立っていた。流石は三年生。召喚獣の扱いには慣れているようで、投球フォームは安定しているようだ。

けど、その安定したフォームが命取りだ。

「そんじゃあ、コイツで止《とど》めだ」

ピッチャーが第三球を振りかぶり、こちらに向かって投げてくる。僕は相手のその動きに合わせて、召喚獣にバットを全力で振らせた。

空中を滑《すべ》るように僕の召喚獣の頭めがけて放たれるボールと、それと交差するように敵の顔面目がけて放たれるこちらの金属バット。互いに全力を込めた必殺の投擲《とうてき》は、緊張の一瞬を経て相手へと到達する。

「「——って危なぁーっ!!」」

向こうの投げたボールは僕の召喚獣のこめかみを、こちらの投げたバットは向こうの鼻先を掠《かす》めて飛んで行った。

「「おのれ卑怯《ひきょう》なっ！」」

『どっちもでしょうが』

あの野郎！　三球続けてど真ん中に投げると見せかけて、いきなりこっちの頭めがけて投げてきやがった！　咄嗟《とっさ》に避けなかったら大惨事になるところだったじゃないか！

『ストライク。バッターアウト』

今の僕の投擲行動がスイングと判断されて、三振となる。これでアウトカウント三つ。チェンジだ。

仕方がないので守備の為にベンチから出てきた雄二たちと合流するとしよう。

「ごめん雄二。これで警戒させちゃったかもしれない」

「気にするな。今の失敗はピッチングで取り戻せばいい」

「…………皆でフォローするから心配ない」

「一見普通の会話に聞こえるが中身は最悪じゃな……」

「コイツら、スポーツマンシップって言葉を知らないのかしら……」

「警戒とか、敬遠《けいえん》とか、野球って色々と専門用語があるんですね」

ピッチングなら問題ない。点数が低いから球威《きゅうい》はイマイチだけど、コントロールなら自信がある。必ず狙った箇所《かしょ》にぶつけてみせる！

「よし。じゃあ行くぞ。野郎ども、きっちり打ち取れ！」

「「「っしゃぁーっ!!」」」

☆

「お前が吉井か……。この前の肝試しといい、今回といい……。三年に楯突《たてつ》いたことを後悔させてやる……。試獣召喚《サモン》っ」

三－Aのトップバッターが敵意をまき散らしながら召喚を開始する。どうやら前の肝試しの一件のせいで、僕らを快《こころよ》く思っていない上級生が増えているようだ。

『Aクラス　堀田雅俊《ほったまさとし》　VS　Fクラス　吉井明久
化学　217点　VS　57点』

召喚獣が現れ、少し遅れて点数が表示される。さすがはAクラスだけあって、向こうはかなりの点数だ。

《まずコイツとは普通に勝負する。この点数差だとどのくらい打たれるのかを見ておき

たい》

毎度お馴染み雄二のアイコンタクト。確かにヤツの言う通り、Ａクラスレベルを相手にしたらどうなるのかを確認しておく必要があるだろう。なにせ順当にいけば、この後に控えているのはこれよりも更に上の点数を誇る教師陣なわけだし。どこまでが勝負できて、どこからが勝負できないのか、その線引きはかなり重要になってくる。

了解という意味を込めて小さく頷《うなず》いてから、僕は召喚獣に投球動作をとらせた。雄二の構えるミットは外角低《がいかく》め。当てられても、真芯《ましん》に捉えられない限りは外野の頭を抜かれることはないはずだけど……。

さっきまで見ていた坊主先輩よりも数段遅い球がミット目がけて飛んでいく。

『ットライッ！』

向こうも流石に一球目はじっくり見てきた。こっちの球威と速度を確認していたのだろう。点数も表示されたわけだし、向こうがこちらを脅威《きょうい》と思う要素は一つもない。次からはストライクゾーンに入っている球には手を出してくるだろう。

雄二が戻す球を受け取り、再び投球動作に入る。今度の狙いは外角高め。また外角ということは、相手は外角を打ち難《う》《にく》い構え（オープンスタンスだっけ？）とかを取っているんだろうか。う～ん……。まぁ、難しいことを考えても仕方がないか。

指示された通りの場所にボールを投げる。すると、今度は相手もバットを振ってきた。

カキン、と小気味《こきみ》良い音をたてて宙へ上がるボール。

向こうは狙いを外されたのか、そもそも野球自体に慣れていないのか、バットの芯に当てることができなかった様子。高く上がったボールは特にそのまま伸びることもなく、前進したセンターにキャッチされて終わった。

「く……っ！」

悔《くや》しげに向こうのトップバッターがベンチに戻っていく。

なるほど。いくら点数の差があっても、ある程度はきっちり捉えないと打球は飛ばないみたいだ。でも逆にEクラスと勝負した時みたいに、同じ程度の点数でも上手く打たれたらホームランになることもある。力が強ければ勝てるってわけじゃないあたりは、普通にやる野球と大差がない。もっとも、力が強ければ圧倒的に有利ではあるけど。

「よし。俺の出番だな。試獣召喚《サモン》っ」

聞き覚えのある声で2番バッターが召喚獣を喚び出す。

『Aクラス　常村勇作《つねむらゆうさく》　VS　Fクラス　吉井明久
　化学　　223点　VS　57点　』

常夏コンビの片割れで、さっきはキャッチャーをやっていたソフトモヒカン頭の先輩だ。こっちも流石、腐《くさ》ってもＡクラス。かなりの点数だ。

「さてと。吉井に坂本……！　溜まりに溜まった今までの屈辱、きっちり利子つけて返してやるぜ……っ！」

モヒカン先輩がこちらを睨みつけてくる。向こうはかなりやる気だけど、こっちはどう出るか……。

《一球目は外していくぞ》

雄二がミットを構える。その場所は、バットの届かないくらいの外角。ストライクゾーンから外れているのは何か意図があってのことだろう。

大きく振りかぶり、第一球を投げる。するとモヒカン先輩はわざとらしいほど大きなスイングでバットを空振った。よし、まずは無事に１《ワン》ストライク――

「っと、手が滑った！」

と思ったら、モヒカン先輩が振り切ったバットをそのまま止めずに回転させて――あろうことか、キャッチャーをやっている雄二の召喚獣に向かって放り投げた。

『Ａクラス　常村勇作　ＶＳ　Ｆクラス　坂本雄二
化学　２２３点　ＶＳ　１０９点』

バットが当たり、雄二の召喚獣がダメージを負った為に点数の表示が更新される。さっきまでは２００点近かった雄二の点数が一気に減ってしまった。

「悪いな坂本。わざとじゃないんだが」

審判の姿を横目で確認しながら雄二に声をかけるモヒカン先輩。今のが故意《こい》の行動だと判断されたら退場になる。モヒカン先輩はそれを恐れて心にもない謝辞《しゃじ》を口にしたのだろう。

「……いや。気にすることはない。スポーツに事故はつきものだからな」

雄二はさして気にした風もなく、爽《さわ》やかにそれを流す。召喚獣を屈《かが》ませ、さっきの衝《しょう》撃《げき》で溢《こぼ》してしまった球を拾わせた。

「そうか。さすが坂本は心が広いな」

「いやいや。それほどでもないさ」

表面上はにこやかに会話を続ける二人。そして、雄二は拾った球を僕の方に戻す為、こちらに向かって全力で投げつけた。

――僕らの間には、モヒカン先輩の召喚獣がいたというのに。

ゴスッという鈍《にぶ》い音をたてて、ボールがモヒカン先輩の召喚獣の頭と衝突する。


『Ａクラス　常村勇作　ＶＳ　Ｆクラス　坂本雄二

化学　　１９１点　　ＶＳ　　１０９点』

「すまないな先輩。俺はどうにも召喚獣の扱いに慣れていなくてな」

今度はモヒカン先輩の点数が減った。さっきの雄二が１００点近く減らされたというのに、向こうは30点ちょっと。雄二の召喚獣の力が減らされたのと、バットとボールの攻撃力の違いがはっきりと出たようだ。

「けどまぁ、仕方がないよな？　スポーツに事故はつきものだもんな？」

「く……っ！　そ、そうだな。このくらい笑って許してやるよ。大したダメージでもないからな……！」

こめかみに青筋《あおすじ》を浮かべんばかりのモヒカン先輩。掴みかかってやりたいけど審判の手前仕方なく堪《こら》えている、といった感じだ。

『君たち。試合に集中しなさい。小競《こぜ》り合《あ》いをするようなら二人とも退場にしますよ』

「「…………」」

審判の先生に咎《とが》められ、それ以上は何も言わずにそれぞれの役割に戻る二人。今度は遮《さえぎ》られることなくこちらに届いたボールを受け取り、僕は召喚獣に再びピッチングの構えを取らせた。

投球を始める前に雄二の合図を確認する。

《そろそろ仕掛けるぞ明久》

《了解》

ついにきた攻撃の合図。ミットの位置はど真ん中だけど、僕が投げる球はバッターの頭狙い。狙い澄ました投球で、敵の頭を打ち砕《うくだ》く……！

「来い、吉井」

モヒカン先輩が身体をマウンドに向けて開いた状態で構えている。あの構え……ピッチャーに向かってでも、キャッチャーに向かってでも、バットを投げやすい姿勢だけど――多分、向こうの狙いは雄二だ。さっきのやりとりで相当むかついているはずだから。だとしたら、僕は全力で敵の頭を狙って行くだけだ。

バッターとの間に緊迫した空気が流れる中、僕の召喚獣が三度目の投球を行った。

バッターの脳天《のうてん》目指して飛んで行くボールと、キャッチャー目がけて振り切られるバット。互いの渾身の一撃は、それぞれの目標に対して吸い込まれるように命中した。

『――デッドボール』

てん、てん、とボールが地面に転がる。そして、僕らの攻撃の結果が表示された。

『Ａクラス　常村勇作　ＶＳ　Ｆクラス　坂本雄二
化学　　１７７点　ＶＳ　７点　』

「明久テメェ！　全然減らせてねぇだろうが！」

「雄二こそやられすぎだろ！　ちゃんと防御しろっ！」

雄二が１００点以上減ったのに対し、モヒカン先輩は10点程度。これじゃあ先にこっちがやられてしまう。


『っていうかテメェら、今のはわざとだろ！　先輩に向かって良い度胸じゃねぇか！』

『何を言ってやがる！　そっちが先に仕掛けてきたんだろうが！　肝試しに負けたのを根に持ちやがって！　器《うつわ》が小せぇぞ先輩！』

『んだと!?　上等だ！　こうなりゃ野球なんて面倒なことやってねぇで、直接――』

『望むところだ。元々三年は気にくわなかったんだ。ここらで一発――』


ベンチや他の選手たちからそんな声が上がった。元々お互い良い感情を抱いていない相手だ。こうしたことで敵意が強まるのは仕方がない。これは雄二の目論見《もくろみ》通り、そろそろ乱闘の始まりだろうか……？

キャッチャーを務める雄二の口元がにやりと歪む。僕も乱闘になったらまずは誰に飛びかかるかを物色していて——

「おやめバカどもっ！」

そこで、しわがれた声が割って入ってきた。誰だっ！　あと少しで目的達成ってところだっていうのに！

「やれやれ、つくづく救えないガキどもさね……。どうして召喚獣勝負にまでしてやったのに、おとなしくできないいんだい」

そう言って額《ひたい》を押さえているのは、毎度お馴染みババァこと学園長だった。

「なんだババァ。何をしに来たんだ？」

舌打ちでもせんばかりの口調で雄二が問いかける。狙いを邪魔されたんだ。その悔しい気持ちはよくわかる。

「学園長と呼びなクソガキ」

ふん、と鼻を鳴らして雄二の方を向く学園長。そのまま一同を睥睨《へいげい》して、

「まったく……。組み合わせを聞いて、人がちょいと様子を見に来てみたらこのざまかい。折角、来賓《らいひん》だって召喚野球に満足してくれたんだ。この期《ご》におよんでアンタらがバ

カやって評判を落とすんじゃないよ」

と、続けた。

どうやらババァ長は対戦の組み合わせを見て、僕らが何か問題を起こさないか監視に来たらしい。……良い読みだ。

『止めないで下さい学園長！　二ーＦのクズどもには礼儀と常識ってヤツを叩き込む必要があるんです！』

『こっちこそもう我慢ならねぇ！　人のことをさんざんバカにしやがって！　学園長！この先輩面《せんぱいづら》したカスどもを殺らせて下さい！』

「だからお止《や》めって言ってるんだよ！　クソガキども！」

言い争う皆に、学園長が再び一喝《いっかつ》を浴びせる。流石は年の功と言うべきか。その場にいる全員が黙り込んだ。

「本当に、このバカどもときたら……。召喚獣の痛みが返って来ないから、そんなに短《たん》絡的《らくてき》に乱闘へと雪崩《なだ》れ込《こ》むのかねぇ……」

呆れたように頭を振り、僕らを見てしばし考え込む学園長。

そして、意を決したように腰に手を当て、こんなことを告げてきた。

「よし、決めたよ。この試合だけ、召喚獣の設定を変えてやろうじゃないか」

「「「は？」」」

その場の全員が異口同音《いくどうおん》に聞き返す。

召喚獣の設定を変える？　それってどういうこと？

「今回だけ、全員に痛みがフィードバックするようにしてやるって言ってんだよ。そうしたら、乱闘なんかせずにまともに試合をするだろう？」

召喚獣に痛みがフィードバックって——要するに、皆の召喚獣が僕と同じ設定になるってこと？

「じゃあ、そういうことだよ。全員真面目にしっかり野球をやりな」

そう言って手を振ると、学園長は校舎に向かって歩き去っていった。

「えーっと……」

突然の出来事に頭がついていかない。召喚獣の設定が変わるのは別にいいけど——そうなると僕らの作戦はどうなるの？

「すんません。ちょっとタイムで」

と、そこで雄二が今更ながらタイムを審判に申請し、正式に試合を中断した。確かにここは一度作戦会議が必要だろう。

マウンド付近に、雄二や内野のメンバーが集まってくる。さて。どうしたものか。

「どうする雄二？　乱闘の目論見が崩されたよ？」

最初の作戦では、ここで一気に乱闘になだれ込む予定だった。このままだとその作戦が失敗に終わる。まともにやったら勝ち目は薄いし……。

「問題ない。予定とは違うが、こうなったらこちらの秘密兵器を使うまでだ」

「秘密兵器？」

「ああ。幸いにも次のバッターは坊主野郎だ。手加減する必要もない」

そう言うと、雄二は主審のいる場所へと歩み寄り、ベンチに視線を送ってからピッチャーの交代を宣言した。

「ピッチャー吉井に代わって、姫路。吉井はキャッチャーと交代、キャッチャーの俺はサードの島田と交代」

守備位置とピッチャーの交代。えっと、今の話だと、姫路さんがピッチャーで、僕がキャッチャーで、雄二がサードで、美波はベンチってことになるのかな。

言われた通りのポジションに移動しようとしていると、姫路さんが大慌《おおあわ》てでベンチから出てきて雄二に話しかけていた。遠くて聞こえないけど、何を話しているんだろうか。

『坂本君っ。わ、私、ピッチャーなんて無理ですっ。やったことないですし、運動も苦手ですし……』

『姫路。いいか、よく聞くんだ』

『ダメダメ、無理ですっ。できないですっ』

『野球はチームプレイだから仲間との信頼関係がかなり重要になるが、その中でも特にピッチャーとキャッチャーの間柄《あいだがら》は重要なんだ』

『は、はぁ……。でもっ』

『そして、うまく信頼関係を築くことのできたピッチャーとキャッチャー……つまりバッテリーは、野球ではよく〝夫婦《ふうふ》〟とたとえられる』

『え？　夫婦……？』

『そうだ。今からキャッチャーは俺ではなく明久だ。お前と明久がうまく〝夫婦〟の関係になれるか。それがこの勝負の決め手となる』

『…………』

『自分たちの関係を信じて思いっきり投げてみろ。きっと明久はお前の全力を身体を張って受け止めてくれる。それがバッテリー――いや、夫婦ってもんだ』

『わ……わかりましたっ！』

『いいか姫路。全力だ。コースも何も考えず、ただ全力でお前の思いをぶつけるんだ。手加減をしたら信頼関係なんてものは成り立たないからな』

『はいっ』

なぜだろう。よくわからないけど、何か凄く嫌な予感がする。

原因不明の悪寒《おかん》に身を震わせているところに、雄二との話を終えた姫路さんがとたとたと走り寄ってきた。なんか元気いっぱいみたいだけど。

「あの、明久君、よろしゅきゅお願いしまひゅっ！」

「あ、うん。よろしくね姫路さん」

何をそんなに緊張しているのか、姫路さんは噛《か》み噛《か》みだった。

「私、明久君を信じて全力で投げますっ！」

「あはは。そう言って貰えるのは嬉《うれ》しいよ。頑張《がんば》ろうね」

「はいっ。頑張って素敵な家庭を築きましょうねっ！　えっと……あ、アナタ……」

なんだ。彼女は一体何を吹き込まれたんだ。

「じゃあ、ばっちり受け止めて下さいねっ」

小走りでマウンドに上がり、準備を始める姫路さん。まぁいっか。とにかく僕も自分のポジションにつこう。

さっきまで雄二がいた場所に立ち、召喚獣をキャッチャーのポジションにつかせる。

辺りを見回すと、他の皆も既に自分の持ち位置についていた。

さて。１アウト、ランナー一塁《いちるい》で試合再開だ。

「へっ。何の小細工《こざいく》を考えたのかしらねぇが、俺には通用しねぇってことを教えてやる。試獣召喚《サモン》っ」

向こうの3番打者、坊主先輩がバッターボックスで召喚を始める。

「が、頑張ります……。試獣召喚《サモン》ですっ」

姫路さんもマウンドに立って召喚獣を喚び出す。

投手と打者、それぞれの点数が遅れて表示された。

『Aクラス　夏川俊平　VS　Fクラス　姫路瑞希《みずき》

化学　244点　VS　437点』

「げっ！　そう言や、あの女はかなり点数あったんだよな……！」

坊主先輩が姫路さんの点数を見て戦《おのの》く。無理もない。姫路さんの点数は見ての通り学年トップクラスだ。いくらAクラス所属の坊主先輩でもそうそう勝てるもんじゃない。

「くそ。高城《たかしろ》抜きでやるのはキツいかもしれねぇな……」

悔しそうな坊主先輩の呟き。高城？　はて。どっかで聞いたことがあるような……。

「じゃ、じゃあ、よろしくお願いしますっ」

考えているうちに、姫路さんが投球に入ろうとする。こちらこそよろしく——ってち

ょっと待った！　今まで考えてなかったけど、姫路さんが投げる球を受けるのって、失敗したら相当酷《ひど》い目に遭《あ》うんじゃないい⁉

「えっと、このプレートに足をかけさせて、こうして……」

「待って待って姫路さん！」

「？　なんですか明久君？」

早速ボールを投げようとする姫路さんを慌てて止める。優しい姫路さんのことだから手加減をしてくれるとは思うけど、それでもこの点数差だ。どんなことになるかわかったもんじゃない。まずは軽く肩慣らしでもしてもらおう。

「ほら、一塁にランナーがいるでしょ？　まずはその人に盗塁《とうるい》をされないように牽制《けんせい》球《きゅう》を投げてみようよ」

一塁にいるランナーは別にベースからそこまで離れてはいないんだけど、これは緊張を解《ほぐ》す為の肩慣らしだ。とりあえず投げてみてもらうべきだろう。

「牽制球——あ。わかりました。ボールを一塁に投げたら良いんですね」

「そうそう。一塁にいる福村君にボールを投げて貰える？」

「了解です。それじゃ——」

姫路さんの召喚獣が腕を振り上げ、投球の構えを取った。

「やぁ——っ！」

——キュボッ

「…………は？」

『Aクラス　常村勇作　VS　Fクラス　姫路瑞希
化学　　DEAD　　VS　437点』

『Fクラス　福村幸平　VS　Fクラス　姫路瑞希
化学　　DEAD　　VS　437点』

立て続けに二件の死亡報告。
ドサリ、と重いものが倒れた音が二つ重なる。
一塁に立っていたランナーのモヒカン先輩も、守備をしていた福村君も、二人仲良く綺麗に上半身が消し飛んでいた。

『『ぎぃやぁあああぁーっっ!!　身体が！　身体が痛ぇえええっ!!』』

遅れて召喚者の二人が悲鳴を上げる。どうやら召喚獣の設定変更はバッチリのようで、二人は仲良く痛みのフィードバックにのたうち回っていた。

「あ……！　ご、ごめんなさいっ！　私、どのくらいの力加減で投げたらいいのか全然わからなくて！」

姫路さんがあたふたと頭を下げている。当人たちはそれどころじゃなさそうだけど。

『負傷退場者の交代要員を出して下さい』

審判の先生がクールに交代を促した。苦しむ二人をそれぞれ運び出し、向こうは代走《だいそう》として男の先輩が、こちらは福村君の代わりにベンチにいた秀吉《ひでよし》がファーストに入った。

「うう……。失敗しちゃいました……」

一撃で二人を葬《ほうむ》り去《さ》ったことに対し、自責《じせき》の念《ねん》を見せる姫路さん。できれば慰《なぐさ》めてあげたいけど、ここで手加減をしてもらわないと今度はキャッチャーをやっているこっちにあのボールが飛んでくることになる。あんな威力の球を食らえば、痛みの新境地に到達してしまう可能性があるし、ここは悪いけどフォローはしないでおこ――

「気にするな姫路。お前はただ全力で投げればいい」

「でも……」

「いいんだ。ピッチャーはそれが仕事なんだからな」

「でも、そんなことをしたら、今度は明久君が」

「おいおい。なんてことを言うんだ。お前は明久のことを信じられないのか？」

「あ……。い、いえっ！　そんなことありませんっ！」

あの野郎！　絶対に僕を殺す気だ！

「行きます、明久君っ！」

ダメだ。来ちゃダメだ姫路さん。

「え、えいーっ！」


『ん？　は――なンでっ⁉』

可愛いかけ声とともに放たれた可愛くないボールは、目にも止まらぬ速さで――次打席の用意をしていた三年生を直撃した。

『Aクラス　金田一《きんだいち》真之介《しんのすけ》　VS　Fクラス　姫路瑞希
化学　DEAD　VS　437点』

元の点数も不明の４番は、そのまま帰らぬ人となった。これで犠牲者は三人目。

「し、審判っ！　あれは危険球《きけんきゅう》じゃないのか!?　退場モンだろ！」

バッターボックスに立つ坊主先輩が血相を変えて主審に反則を訴える。すると、主審が何かを言う前にサードを守っている雄二が口を出した。

「おいおい、酷いことを言うなよ先輩。姫路のあの姿を見たら、わざとじゃないってことくらいわかるだろ？」

『ほ、本当にごめんなさいっ！　私ピッチャーとか初めてで、緊張しちゃって……！』

姫路さんが三－Ａベンチに走り寄り、ぺこぺこと頭を下げている。確かにあれを見てわざとだと思う人はいないだろう。

「ふ、ふざけんな坂本ぉっ！　故意じゃないにしても許されないことってもんがあるだろうが！」

「黙れクソ野郎。さぁ先生、よく考えてみて下さい。苦手でも努力してクラス行事に一生懸命参加する可憐《かれん》な生徒と、神聖なスポーツに悪意を持ち込む愚劣《ぐれつ》でブサイクな先輩。あなたは教師として、どちらを応援しますか？」

『プレイッ！』

「審ぱぁん⁉」

無情に告げられる試合続行のかけ声。さっきまでの僕らのやり取りに比べれば、姫路さんの行動に悪意は全くと言っていいほど見当たらない。妥当《だとう》と言えば妥当な判断のはずなのに、どうしてか審判の目が節穴《ふしあな》のように思える。

「おい吉井！　あの女をどうにかしろ！　このままだったらお前も死ぬぞ！」

「む、無理ですよ！　ああ見えて、姫路さんは結構思い込みが激しいんだから！」

バッターボックスにいる坊主先輩と言い合う。僕だって、どうにかできるのならとっくにそうしてる！

「うぅ……。難しいです……。もっと力を込めたらうまくいくんでしょうか……？」

マウンドに戻った姫路さんが溢《こぼ》した台詞に、思わず冷や汗が流れた。

バカな。さっきのでもまだ本気ではなかったというのか。

コントロールを無視した学年トップクラスの全力投球。もはやベンチ付近ですら安全圏ではないという事実は、僕に野球という競技を忘れさせるには充分な材料だった。これはスポーツじゃない。一方的な殺戮《さつりく》だ。

「こ、今度こそ……明久君のところへっ！」

「「ひぃぃ――――っ!!」」

バットもミットも放りだし、頭を抱えてうずくまる僕と坊主先輩の召喚獣。剛速球《ごうそつきゅう》はその頭上ギリギリを凄い勢いで掠めていった。


『ボール』


審判がボールを宣告する。

いやもうボールとかストライクとか、そういう問題じゃない！

「替えろ坂本！　あのピッチャーを今すぐ替えろぉっ！」

「何を言うんだ先輩。徐々に狙いがシャープになってきているというのに」

「その狙いがキャッチャーミットだとは思えねぇんだよ！」

それは僕も同感だ。

言い争う坊主先輩と雄二をよそに、姫路さんはマウンド上で何かを呟《つぶや》いていた。

「うぅ……。きっとこれは、私が明久君を心の底から信じ切れていないからうまくいかないんです……。もっともっと明久君を信じないと……」

そして、戻されたボールを握りしめて、更に恐ろしい行動に出る姫路さん。え？　彼女は一体何をしているの？

「ちょ、ちょっと待て！　あのピッチャー目ぇ瞑《つむ》ってねぇか!?」

「違う。あれは信頼関係の現れだ。キャッチャーのリードを心から信じているからこそ、目を瞑っても投げられるんだ」

「だから目ぇ瞑ったらそのリードが全く見えねぇって言ってんだよ！」

「じゃあアレだ。心の目ってヤツだ。達人は目で見なくとも気配で獲《え》も——相手の居場所を探り当てることができるんだ」

「居場所探り当ててどうすんだよ！　必要なのはストライクゾーンだろ!?　ってかお前今獲物って言いかけなかったか!?」

「酷い言いがかりはよして貰おうか獲物先輩」

「言っただろ!?　今思いっきり俺のことを獲物先輩って言っただろ!?」

その獲物とやらに僕が含まれているかどうかが重要だ。

「あの、姫路さん！　聞こえてる!?　そこまで頑張らなくても」

「すぅ……。はぁ……。すぅ……。はぁ……。大丈夫。明久君を信じていれば、きっとうまくいきます……」

「姫路さぁん!?」

もう既に姫路さんは瞑想《めいそう》状態で、言葉やサインは一切届いていない。要するに……生き延びるには、自分でなんとかするしかないってこと……？

「し、仕方ない。こうなったら、姫路さんが投げた瞬間に思いっきり横っ飛びをしよう。そうしたら、運が良ければ生き延びられるはずだ……！」

「き、汚ぇぞ吉井！　一人だけ助かろうってのか！」

「すいません先輩！　僕は自分の命が惜《お》しいんです！」

ちなみに野球のルールにより、打者はバッターボックスから出ることができない。狭い枠内で回避行動を取らなきゃいけない先輩のことを考えると、少しだけ申し訳ない気もしてくる。

「行きます、明久君っ！」

「できれば目を開けて、姫路さん！」

姫路さんの呼び声に、必死になって命乞《いのちご》いで応える僕。

しかしながらそんな僕の切なる願いは届かず、姫路さんは目を閉じたまま全力でボールを叩き込んできた。

全力で、
大威力で、
剛速球を。

――坊主先輩の、召喚獣の頭に。

「…………………………うわぁ…………………………」

初夏に花を咲かせる、ザクロという果物をご存知だろうか。甘くてちょっと酸味《さんみ》のある、鮮やかな赤い果物だ。木になって熟したそれは、たまに収穫されることなく地面に落下して、道路の上で潰《つぶ》れていたりする。赤い果肉や果汁を、辺り一面にべったりと飛び散らせて。

今目の前に映る打者の姿は、なぜか僕にそんな光景を彷彿《ほうふつ》させた。

『Aクラス　夏川俊平　ＶＳ　Ｆクラス　姫路瑞希
化学　ＤＥＡＤ　ＶＳ　４３７点　』

「ひでぇ、よ……。あの女、絶対……悪魔だ、よ……」

無残《むざん》な姿に変わり果てた自らの召喚獣の隣で、痛みで意識を失いかけた坊主先輩が倒れている。これは流石に……同情の念を禁じ得ない……。

昼食直後であったなら確実に何人かは戻していたであろう坊主先輩の召喚獣の惨状が、

時間とともに薄れて大気の中に消えていく。

「あの、明久君。今度はうまくいきましたか？」

ここでようやく姫路さんが目を開けた。目を閉じていたおかげでザクロの破片《はへん》を見ないで済んだのは、彼女にとっては良いことだろう。

「いや、まぁ……。僕らの目的を考えたら凄くうまくいってるんだけど……」

手放しで喜べない何かが、ここにはある。


『バッター、ネクスト』


審判が淡々と次の打者を促す。

三－Aベンチに目をやると、そこに待機している人たちは全員が審判と目を合わさないように地面を見つめていた。


『へいへい、バッターびびってる！』


どこからかヤジが聞こえてくる。

ふ……。びびっているのがバッターだけだとは思わないことだ。

『先生！　こちらはもう交代要員がいません！』

三－Ａベンチからそんな声があがった。そう言えば、交代要員は他の競技との兼ね合いもあって二人までだ。こういった場合はどうなるんだろう。登録していない人を連れてきて参加させるんだろうか。

と、ここで一つ取り決めを思い出す。雄二が事前に明文化《めいぶんか》させた決まり事の中には、【登録メンバー以外の介入《かいにゅう》は一切認めない】というものがあった。あの野郎。さては、そのルールがあったからこそこういう作戦に出たな……？

『交代要員がいないのであれば、そうですね……。一度その人の打順を飛ばし、その間に補充試験《ほじゅうしけん》を受けて貰いましょうか』

先生がさらりと酷《こく》なことを言った。一見当然の判断に思えるけど、それってつまり姫路さんからのデッドボールを食らう為に試験を受けろってことだよね……？

『さて。それでは次の次——５番バッターは前に。点数がなくなった者は補充試験に』

『『『三－A、ギブアップします！』』』

こうして、二名の打者に対してデッドボール二つ、犠牲者四名、傷害率２００％を叩き出したFクラス投手、姫路瑞希は体育祭の伝説になった。

覚えよう！野球のルール！

【第六問】

ヒットエンドランとは、どのような連携でしょうか？

《吉井明久の知っているヒットエンドラン》

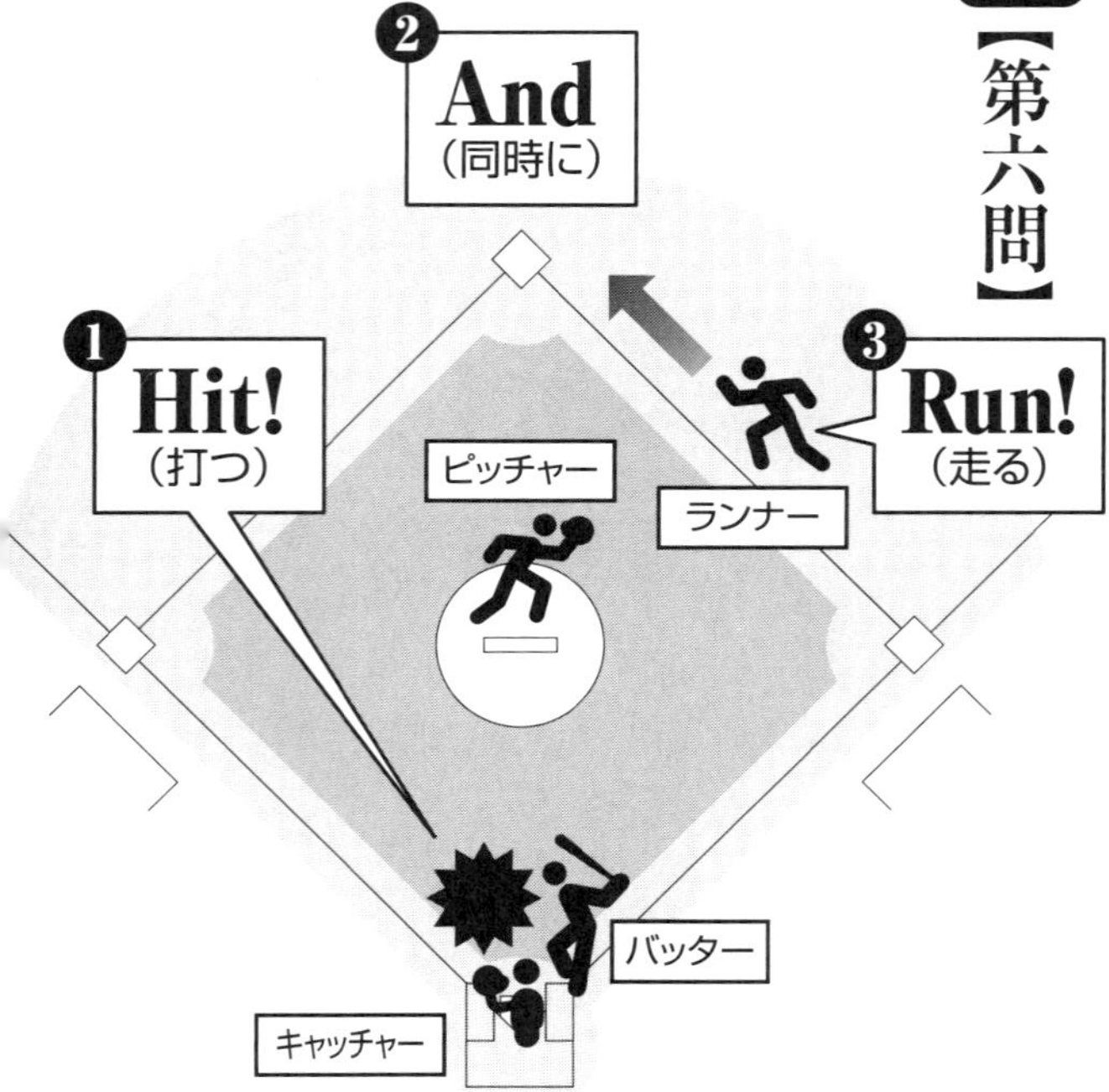

《姫路瑞希の想像しているヒットエンドラン》

※ヒットエンドランとは?

ピッチャーの投球と同時にランナーが次の塁へとスタートし、バッターもその投球を打って進塁を狙うという、野球における戦術の一つ。

「雄二《ゆうじ》……。よくあんな非道《ひどう》な作戦を立てたよね……」

「いや……。フィードバックについては想定外だったからな……。流石《さすが》にあれは俺でも同情するぞ……」

「あの、明久《あきひさ》君……」

ところ変わって二－F待機場所。強敵三－Aを相手に勝利を収め、楽しい昼休みを迎えたというのに、僕らはなぜか一切の爽快感《そうかいかん》を得ることができずにいた。

「そもそも俺は『三年は持ち物検査を受けていないから、再試験を受けてまで試合を続けようとは思わないだろう』と考えていただけだ。あのババアが余計な介入《かいにゅう》をしなければこんなことにはならなかったんだぞ」

「あの、坂本《さかもと》君……」

常夏《とこなつ》コンビはともかく、あのよくわからない4番の人には悪いことをした。変なトラウマとかになっていなければいいけど……。

「流石に学園長もやりすぎたと思ったようじゃの。あの後すぐに元の仕様に戻すと言っておったぞ」

「…………惨劇だった」

「あの、木下《きのした》君、土屋《つちや》君……」

あの光景を見てやり過ぎたと思わない人は教育者をやっちゃいけないと思う。散っていった四人の英霊《えいれい》に、哀悼《あいとう》の意を捧げたい。

「さて。それじゃあ午後の勝負だが――」

「あのっ！　四人ともっ！」

必死に目を逸《そ》らし続《つづ》けていた現実から、ついに逃げ切れなくなる。僕ら四人は今にも泣き出さんばかりの表情で、声の主《ぬし》に返事をした。

「「「………はい」」」

「実は私、お弁当を作ってきたんですけど……」

姫路《ひめじ》さんが大きな包みを差し出す。わかっていた。姫路さんがそれを手にして歩いている姿が遠くから見えた時、迫り来る死の気配で何を手にしているのかはわかっていたんだ。ただ、認めたくなかっただけで。

「ホント、瑞希《みずき》って尽くすタイプよね」

何が面白くないのか、姫路さんの隣では美波《みなみ》が拗《す》ねた顔をしていた。

「ま、まぁ、とりあえず座るといい」

姫路さんと美波に場所を譲る為に立ち上がる雄二。そしてそのまま踵《きびす》を返して、

「んじゃ、俺は飲み物を買ってくるから」

「いやいや、雄二は座ってなよ。僕が買ってくるから」

「そう言わず、ここはワシに任せるのじゃ」

「…………俺が行く」

全員が競い合うように席を立とうとする。こいつら——さては飲み物を買いに行ってそのまま戻ってこない気だな⁉　この卑怯者《ひきょうもの》どもめ！　恥《はじ》を知れ！

「ははっ。無理するなよ明久。飲み物を買ってくるには金が必要だろ？」

「大丈夫だよ、最近結構余裕があるから。何より、使いっ走りと言えば僕、僕と言えば使いっ走り。これ以上の適任はいないと思うんだ」

「待つのじゃ。使い走り歴十五年。姉上にこき使われ続けるワシのキャリアを舐《な》めるでない。明久よりよほど洗練された使い走りをご覧に入れよう」

「…………違う。必要なのは速さ。【闇を裂く疾風迅雷《しっぷうじんらい》の使い走り】と呼ばれた俺こそが、適任」

なんとしても使いっ走りの任を勝ち取り、この場を脱出する。そうすれば、あとは道に迷ったとか、売り切れていたから外に買いに行った、とか言って逃げ出せばいい。戻ってくる頃には三つの命と引き替えに、悪魔は処分されているはずだ。

「テメェら、上等じゃねぇか！　この俺の本気の使いっ走りに勝てると思うなよ！」

「何を言ってるのさ！　僕の使いっ走りの方がずっと凄いに決まっているじゃないか！雑魚《ざこ》どもは引っ込んでるべきだ！」

「雑魚とは心外じゃな。このワシの使い走りを見もせずに、よくもそんなことが言えたものじゃ」

「…………いいから黙って俺に行かせろ……！」

言ってもわからないようなら実力で教えてやるしかないか。仕方がない。この僕の隠された本当の力を見せてやるっ！

「あ、飲み物ならウチが用意してきたけど？」

「「「…………ああ……そうですか…………」」」

美波の優しい心遣《こころづか》いに涙が止まらない。

「それじゃ、座らせてもらうわね」

美波が輪の中に入り、その隣に姫路さんもちょこんと座る。

「さ、さて。今日はどんな弁当なんだ？」

「う、うむ。た、楽しみ、じゃなぁ……」

「まったくだね。あはは、あははははははははは」

「…………ドキドキが、止まらない……」

僕らが背筋に冷たいものを感じている中、姫路さんは持っていた包みを解いて、その中身を見せてくれた。

「あれ？　瑞希、なんだか今日は量が少ないんじゃない？」

そのお弁当箱を見て美波が尋《たず》ねる。そう言われて見れば、なんだかサイズが小さい気がする。普通の重箱一つと、二回りほど小さいサイズのが一つ。僕の記憶が間違っていなければ、いつもはこの倍くらい作っていたと思う。

「あ、はい。実は、また失敗しちゃったんです」

そう言いながら、大きい方の包みを開ける姫路さん。その中身は……俵《たわら》の形に握られた、沢山の小さなおにぎりだった。

「本当はこれの他にちゃんとおかずを作っていたんですけど……」

ということは、もう一つはデザートか何かだろうか。なるほど。おかずがない分いつもより量が少ないってワケだ。

「美波ちゃんもどうですか？」

「そう？　じゃあ、お言葉に甘えて」

「「「あっ！」」」

僕らが制止するよりも早く、美波がおにぎりの一つをひょいっとつまんで自分の口に放り込んだ。しまった！　こんなことになるのなら、無理にでも雄二の口に押し込んでおくべきだった！

僕らが息を呑んで見守る中、美波がもぐもぐと口を動かす。

……あれ？　まさか、なんともない、とか……？

「うん。普通のおにぎりだけど、美味しいわよ瑞希」

「そうですか。良かったですっ」

安心したように笑顔を見せる姫路さん。おかしい。どうして美波は無事なんだ。

「おい姫路。このおにぎり、どうやって作ったんだ？」

同様の疑問を抱いたようで、雄二が姫路さんにおにぎりの詳細を聞いていた。美波が異常な消化器官を持っているなんて話は聞いたことがないから、きっとおにぎりに何か秘密があるのだろう。

「特に何もしていないですよ？　炊《た》いてあったご飯に、お塩を振ってから俵形に握って、海苔《のり》を巻いただけです」

なるほど。その作り方である限り、どうやっても異常な食べ物は出来上がらない。美波が無事なのはそのおかげか。

「おにぎりが普通な分、おかずを特別製にしていたんですけど、ね」

ということは、このおにぎりは本当に食べられるおにぎり——いや、姫路さんがその綺麗な手で一生懸命握ってくれた、最高のおにぎりってことか！　そうとわかればためらうことは何もない！

「それじゃ姫路さん、僕もいただきます！」

「あ、はい。どうぞ」

お弁当箱の中のおにぎりを一つつまんで口に放り込む。塩と海苔だけで中に何も入っていない普通のおにぎりだけど、それはなぜかとても美味しく思えた。

「んじゃ、俺も遠慮なく」

「ワシもいただこうかの」

「…………いただきます」

他の皆も次々とおにぎりを口に入れる。いつもの味を知っているからこそわかる、この味のありがたさ。砂漠をさまよっていた旅人が水を口にした時の感覚に等しいんじゃないかと思えるほどだ。

「と、ところで、その……」

「ん？　どしたの美波？」

「いや、その、ね？　瑞希がおかず失敗したって言ってたじゃない。それで、良かったら、なんだけど……」

美波がおずおずと何かを差し出す。

「ん？　お弁当？　美波。これって、自分の分じゃないの？」

「う、うん。ウチも瑞希のおにぎりもらうから、それならこれも皆で、と思って……」

そう言って、美波はぎくしゃくとバスケットのふたを開けた。中身は色とりどりのサンドイッチ。トマトやレタスを挟んだものから、タマゴやツナにポテト、チーズにジャムと盛りだくさんだ。区切ってあるスペースには唐揚《からあ》げや卵焼き、ウィンナーなんかも入れてある。まさにお弁当、といった感じだ。

「ほぉ～。自分の分、ねぇ」

「その割には随分量が多いのではないかの？」

「…………素直じゃない」

にやにやと雄二たちが美波のサンドイッチを見る。年頃の女の子にしては食べ過ぎじゃないのか、と揶揄《やゆ》しているのだろう。まったく、趣味が悪いなぁ。

「ちょ、ちょっと作り過ぎちゃっただけよ！　サンドイッチなら、その……余っても、家で食べられるし」

余らせる、だって？　なんて勿体《もったい》ないことを言うんだ。

「美波。そういう時は是非僕にも声をかけてよ。いつでも手伝うからルァァーっ!?」

突如、背中に感じる電撃のような痛み。これは……分度器!?　誰がこんな物を！

『吉井《よしい》明久……！　恨めしいです……！　美春《みはる》のこの憎しみで、人が殺せたらどんなに良いことでしょうか……！』

どこかから二－D所属の女の子の声が聞こえた気がした。憎しみで人が殺せたらも何も、直接攻撃を仕掛けてきているじゃないか！

「この気配、さては美春ねっ!?」

『く……っ！　気付かれましたか！　こうなれば――奇襲は諦めて突撃です！　お姉様ぁああーっ！』

「ウチはアンタに構ってる暇《ひま》はないのよっ！」

土煙をあげて接近してくる何かから逃れるように、美波は慌《あわ》てて立ち上がって反対方向へと駆け出した。おお、速い速い。

『お姉様！　お姉さま！　おネェ……サ……マ……!!』

『こ、来ないで！　なんか最近のアンタは特に怖いのよ！』

『何を言っているのですかお姉様！　美春はお姉様の為であれば、畜生道《ちくしょうどう》に堕《お》ちることすら厭《いと》わないと言っておりますのに！』

『だからそれが怖いって言ってるのよっ！』

なぜだろう。今の清水《しみず》さんはこの間の肝試《きもだめ》しで感じた悪霊の気配を思い出させる。

「ま、いっか。あれはあれであの二人のコミュニケーションだし」

「そうじゃな。雄二と霧島《きりしま》のじゃれ合いと似たようなものじゃ」

「……………仲睦《なかむつ》まじい」

「微笑《ほほえ》ましいですね」

「おい待てお前ら。当人たちがどれだけ必死か知っているのか」

人の恋路《こいじ》を邪魔すると馬に蹴《け》られるとも言うし、ここは邪魔せずお昼に集中しよう。

「それじゃ、美波が作った方ももらおうかな」

サンドイッチを一つ手にとって頬張る。メイン具材はツナとポテトのようで、お腹の減っているこのタイミングには特に嬉しい組み合わせだ。コリコリと堅《かた》めの歯応えがあるのはプチコーンで、細かく切ったハムも入っている。それらをツナとポテトに混ぜてマヨネーズで和《あ》えて、仕上げに黒胡椒《くろこしょう》が振ってある。密かにスパイシーな味が大好きな僕にとっては、このピリッとしたひと味がまた堪《たま》らない。

「うん、美味しいっ」

「おお。確かに美味いな」

「唐揚げや卵焼きも見事なもんじゃ」

「……………うまい」

「本当、美味《おい》しいです。私も頑張らないとっ」

皆でサンドイッチをつまんで舌鼓《したつづみ》を打つ。美波ってこういうところ、凄く女の子っぽいよなぁ……。日頃の暴力さえなければもっとモテるだろうに、勿体ない。

「唐揚げをおかずにおにぎりも食べられるし、今日のお昼はなんだか贅沢だなぁ」

「そうじゃな。今日の昼食は購買《こうばい》でパンの予定じゃったが、これは思わぬご馳走《ちそう》じゃ」

「…………助かる」

美波のお弁当に入っている唐揚げを食べて、今度は姫路さんのおにぎりをぱくり。うん。姫路さんのおにぎりも美味しい。ご飯の炊き加減も、塩加減も、握るときの力加減もバッチリだ。コンビニで買ってくるようなものとはどこかひと味違う、手作りの味。シンプルだけど、飽《あ》きのこない味わいだ。

「ところで、飲み物ってどこだろう？」

「そう言えば、美波ちゃんが持っていたんですけど……」

グラウンドを見回してみる。二人のじゃれ合いは場所を変えたのか、その姿はどこにも見当たらなかった。

ってことは、自分たちで調達するしかないかな。

「「「…………」」」

顔を上げると、雄二・秀吉《ひでよし》・ムッツリーニの三人と目が合う。

僕らは即座にくるりと姫路さんに背を向けると、無言で拳《こぶし》を突き出し合った。僕以外の三人はグーで、僕はチョキ。僕の負けか……くそっ。

「悪いな明久。俺はコーラだ」

「ワシはお茶じゃ」

「…………レモンスカッシュ」

嬉しそうに僕に注文を告げる三人。こういう時って、普通にジュースを買って飲むより美味しいんだよね。……だって、負けた人の奢《おご》りだから。

「へいへい。りょーかい。姫路さんは？」

「え？　何がですか？」

「飲み物だよ。お昼のお礼」

「あ。いえ、悪いですそんなの」

自分は僕らにお昼を作ってきてくれたというのに、ジュースの奢りくらいで悪いだなんて。そんなことを気にする必要なんてどこにもないのに。

「それじゃ、紅茶でいいかな。いつもお昼に飲んでたよね？」

「は、はい」

「じゃ、ちょっと待っててね。すぐ買ってくるから」

席を立って校舎に向かって駆け出す。早く戻ってこないとお弁当が残っていない可能性がある。美波の分はともかく、僕の分を残しておくほどの優しさを期待するのは間違いだろうから。

☆

「うん？　吉井君じゃないか」

「あ。久保《くぼ》君」

購買傍にある自販機に向かっていると、正面から歩いてくるＡクラス所属の男子、久保利光《としみつ》君に声をかけられた。向こうは飲み物を買ってきた帰りかな？

「急いでいるようだけど、どうかしたのかい？」

言いながら、それとなく前髪を整える久保君。髪型を気にするなんて、ちょっと意外かも。

「ジャンケンに負けちゃってね。今から飲み物を買いに行くところなんだよ」

「それは奇遇だね。僕も飲み物を買いに行くところなんだ。一緒に行かないかい？」

「うん。それはいいけど……」

手に提《さ》げているウーロン茶は飲み物じゃないんだろうか。

「そう言えば、Ｆクラスはあの三－Ａに野球大会で勝ったらしいね」

「勝った――って言っていいのかどうかはわからないけど、一応決勝には進んだよ」

「そうか。なんにせよ、大したものだよ」

久保君が心から賞賛《しょうさん》するように、熱っぽく告げる。そうやって言われたら言われるほど罪悪感《ざいあくかん》が湧き上がってくるから不思議だ。

でも、負けなかったことをそんなに褒《ほ》められるほど大変な勝負だっただろうか。いつも通りの常夏コンビだった気がするけど。

「久保君たちは調子が悪かったの？　それとも成績の良い人が皆正式競技の方に出払っていたとか、あるいは持ち物検査で没収された人が殆《ほとん》どいなくてやる気がなかったとか」

「いや。そうでもない。少なくとも代表の霧島さんや工藤《くどう》さんや僕はやる気だった」

「え？　そうなの？」

霧島さんや工藤さんはともかく、久保君がやる気だったというのはビックリだ。そういうことにあまり興味がなさそうなのに。

「僕らも色々と没収されてしまったからね。抱き枕やクッションカバーやシャワーカーテンとか、色々と」

最近の高校生に抱き枕は必需品《ひつじゅひん》なんだろうか。

「それなら、どうして」

「僕らが勝てなかったのは、純粋に向こうが強かったからだよ。科目に対してうまい打順を組んできていたし、４番の人はかなりの点数だったし」

「へ、へぇ～。４番の人、ね……」

4番の人っていうと——あの待機中に無惨に散っていった可哀想《かわいそう》な人だろうか……。ザクロのようにグロく頭を破裂させられた坊主先輩《ぼうずせんぱい》といい、その先輩といい、なんというか、申し訳なさで胸がいっぱいになりそうだ。

「まぁ、仕方がないから没収された物は諦めるとするよ。学校に必要のない物を持ってきた僕が悪いのだから」

「そっか。久保君は偉《えら》いね」

鉄人《てつじん》への攻撃、職員室の襲撃を経て、未だ諦め切れていない僕らとはえらい違いだ。

「そうでもないよ。僕は罪深い人間だ」

「？　そうなの？」

「いや……。業《ごう》が深い、と言うべきか……」

久保君が一瞬遠い目をして呟《つぶや》いた。

またた。得体《えたい》の知れない妙な悪寒《おかん》が全身を駆け巡る。たびたび感じるこの恐怖の正体は一体なんなのだろう。

「ところで吉井君」

「ん？　なに？」

「ちょっとこの五円玉を見てくれないか」

「うん。いいけど……」

久保君が糸に吊した五円玉を振ってみせる。？？？　何がしたいんだろう？

「吉井君」

「なに？」

「お手」

「いや。突然そんな、犬の芸みたいなことを要求されても……」

「ああいや、すまない。別に吉井君を犬扱いするつもりはないんだ」

僕が苦笑いを浮かべると、久保君は振っていた五円玉をポケットに戻して呟いた。

「……やはり、霧島さんから催眠術の本を受け取れなかったのが悔やまれるな……」

よく聞こえなかったけど、なんとなく九死に一生を得たような気がした。

「あ。それより、急がないとお昼が雄二たちに全部取られるかも！」

「そうか。それはまずいね。急いで行くとしようか」

「うん。ごめんね久保君」

「いや。気にすることはないよアッキー——もとい吉井君」

会話をしているとたまに訪れる悪寒に首を傾げながらも、僕と久保君は購買へと走っていった。

そして、飲み物を買ってから久保君と別れ、皆のところに戻ると、

『犯人はにぎりめ――――――』


地面にそんな言葉を残し、秀吉が倒れていた。

「いっぱい食べて下さいね♪」

「は、はは、は……。ははははは……」

「…………（ガタガタガタガタ）」

笑顔の姫路さんを前に、雄二とムッツリーニが怯《おび》えている。何がなんだかわからないけどコレはまずい。僕の生存本能が『今すぐ逃げろ』と叫んでいる。

「さて。コーラが売り切れだったから探してこないと――」

「おおっ明久！　戻って来たか！　コーラなんかいらねぇから早く座れよ！」

「…………っ!!（コクコクコク）」

おのれ雄二！　どこまでも僕の邪魔をする悪魔め！

「ダメだよ雄二。高校生にもなってお使いすらできないなんて、僕の沽券《こけん》に関わるからさ。学校の外に出てでも、とにかく探してくるよ」

「いやいや。別に俺はコーラなんていらなかったんだ。そこまでする必要はないさ。そんなことより、いいから座れよ」

「それはできないよ。一度頼まれたことを途中で諦めるなんて、僕の責任感が許さないから。だからちょっとその摑《つか》んでいる手を離してくれないかな」

「はっはっは。……いいから座れっつってんだクズが……っ！」

「あははは。……とにかく離せって言ってんだよカスが……っ！」

「あの……。明久君、コーラなら手に持っている物がそうじゃないんですか……？」

この野郎。骨を軋《きし》ませるほど強く握りやがって。絶対に僕を巻き込む気だ……！

「……明久。往生際《おうじょうぎわ》が悪い」

「わわっ」

いつの間にか背後に回っていたムッツリーニが膝《ひざ》かっくんの要領で僕をその場に座らせた。この二人の行動といい、秀吉の死体といい、何か危険があるのは明白だ。なんとかして逃げ出さないと……！

「まぁとにかく、買い出しお疲れさん。とりあえず握り飯でも食えよ」

「あ、うん」

雄二がにこやかに姫路さんの作ってきたお弁当の箱を差し出す。確か、このおにぎりは何も害がなかったはずだよね。

俵形のおにぎりを一つ手にとって、口に運ぶ。うん。普通のおにぎりだ。

「……チッ。ハズレか……」

「…………運が良い」

聞き捨てならない呟きが二人の男から発せられた。どういうことだコラ。

「三人とも、良かったらもっと食べて下さいね」

「あ、ありがとう姫路さん」

「そ、そうか……それじゃ」

「…………（ゴクリ）」

姫路さんが更に勧めてくれたので、三人でそれぞれ一つずつおにぎりを手に取る。なんだか、急に妙なオーラのようなものが見え隠れし始めているような……。

「ひ、姫路さん」

「はい？」

「このおにぎりって――何か特別な仕込みでもしたの？」

さっきから食べている限り普通の味だけど、それにしては雄二とムッツリーニの怯え方が尋常《じんじょう》じゃない。秀吉の死体といい、何かある気がしてならない。

「あまり時間がなくて、ほとんど何もできなかったんですけど……」

「ですけど……？」

「二つくらい、特別な具を入れておいたんです。残っていた材料で」

この瞬間、姫路さんのお弁当箱は地雷原《じらいげん》と化した。

「デザートもありますし、一杯食べて下さいねっ」

「「「は、はは、は……」」」

雄二とムッツリーニと僕、三人でおにぎりを手にして乾《かわ》いた笑いを浮かべる。なかなか口に含む勇気が出てこない……。そ、そうだ。とりあえず間をつなぐ為に、適当な話でもしておこう。

「あ、あのさ、姫路さん。そういえば」

「はい。なんでしょうか？」

「おかずって、何を失敗しちゃったの？」

お弁当箱をひっくり返したんだろうか。それとも家に忘れて来ちゃったとか？　そういう和《なご》む会話で、少しでもおにぎりから漂《ただよ》う死の気配を打ち消せれば――

「えっと……ちょっと中和に失敗して、お弁当箱が溶けちゃって……」

自分に言い聞かせろ吉井明久。今の台詞《せりふ》におかしなところは何もないと。

「「「…………………」」」

ますます動きが取れずに沈黙《ちんもく》する僕ら。するとそんな中、ムッツリーニがおにぎりを持つ手を動かした。まさか、いくのかっ！

「…………（スッ）」

しずしずと、おにぎりが崩れないように気を遣いながら腕を伸ばすムッツリーニ。ヤツはゆっくりと、ゆっくりとその右手を食べやすいように口元に寄せた。

——なぜか、僕の口元に。

「…………明久、あーん」

「…………………」

やってくれるじゃないかこの野郎……！　自分で食べずにすむよう、まさか恥も外聞《がいぶん》もかなぐり捨てて、公衆の面前で男同士の『あーん』を繰り出してくるとは……！　冗談じゃない。このまま口に押し込まれてたまるもんか……！

「あはは。何をふざけているのさムッツリーニ。やめなよ」

にこやかに、友達の悪ふざけを受け流す感じで必死に顔を逸《そ》らす。

すると、逸らした先にも何故かおにぎりが用意されていた。

「**明久、あーん**」

野太い声と同時に、ゴツい手で僕の口元に運ばれてくる雄二のおにぎり。ほほぅ……。これはまた、漫画でしか見たことのないような、絵に描いたハーレム状態だ。

手作りのお弁当を、二人のクラスメイトが争うように自分に『あーん』と食べさせてくれる。思春期《ししゅんき》の男の子なら誰もが夢見る光景だろう。だからほら、代わって欲しいという人がいるなら名乗り出て欲しい。即座に代わってあげるから。本当、今すぐ代わってあげるから……っ！

「おい明久。そう照れるな。口を開けろよ」

「……………遠慮することはない」

「いやいや。本当に冗談はやめなよ。恥ずかしいじゃないか」

「大丈夫だ。誰も見ていない。だから、いいから口を開けろってんだ……！」

「…………ほら、あーん……!!」

「いやいやいや！　べ、別に僕は食べたくないってワケじゃないんだからねっ！　ただ、人前でそういう恥ずかしい真似はやめてって言ってるだけなんだからっ！」

神様。僕はどうしたらいいですか。僕は何をしたら、この窮地《きゅうち》から救って貰えるのですか。

未《いま》だかつてないハーレム状態（但《ただ》し性別は問わない）に、思わず神様に祈ってしまう僕。すると、その祈りは天に通じたのか、女神の声が聞こえてきた。

「明久君」

「はいっ」

助けて女神様！

「――あ、あーん」

更に姫路さんがおにぎりを一つ手にとって僕の口元に寄せてくれた。

違うんです神様。僕が願ったのはハーレムの人員を増やして欲しいってことじゃないんです。口元に迫るおにぎりを無害な食べ物に変換して欲しいってだけなんです。

「やれやれ、明久は照れ屋だな。仕方がないから口を開けるのを手伝ってやるよ」

「もがぁっ!?」

「…………（ヒョイッ）」

「ど、どうぞっ」

「何？　飲み物も欲しいって？　全く、明久は甘えん坊だなぁ」

「ごぼごぼごぼっ!?」

無理矢理口をこじ開けられ、三つのおにぎりが詰め込まれた挙句に飲み物で流し込まれた。もはや戻すことすら不可能。あとは当たりが入っていなかったことを神に祈るのみだ。窮地を救うのは、神を信じる純粋な心。

審判《しんぱん》が下るまでの短い時間を、なんとなく物思いに耽《ふけ》って過ごす。幼稚園《ようちえん》の頃、小学校の頃、中学校の頃。色褪《いろあ》せない思い出は、不安に思う僕の気持ちをやすらかなものにしてくれた。


「あのバカ……。過去の記憶を見始めたか……」

「……………冥福を祈る」

神様。アンタ僕のこと嫌いだろ。

「って、死んでたまるかぁーっ!!」

「「っ!?」」

最後の気力を振り絞り、なんとか現世《げんせ》に踏《ふ》み止《とど》まる。まだまだ僕は死ねない。僕にはまだ、やり残したことが一杯あるんだ……！

「ば、バカな……！　明久。貴様、どうして生きて……!?」

「……………ありえない……！」

いや。そこは驚くよりも級友の存命を喜ぶところじゃないだろうか。

「夏休み以来、姉さんの手料理を食べる機会が多いからね……」

「なるほど……。耐性、か……」

「…………苦労している」

そう思うのなら、もっと優しくしてくれてもいいんじゃないかな。

「とにかく、これでもう残りは普通の握り飯だ。折角の特別製は明久と秀吉に当たっちまったからな」

「…………残念」

「すいません。二つしか用意できなくて」

「いやいや姫路。そんな手の込んだものは明久にだけ用意してやればいい。俺たちはオーソドックスなのでいいからさ」

「…………（コクコクコク）」

「な、何を言ってるのさ雄二。僕だって普通のもので大丈夫だよ。最近は姉さんがいるせいできちんとご飯も食べてるし」

「あははっ。でも確かに、坂本君に特別なものを作ってきたら、翔子《しょうこ》ちゃんに怒られちゃうかもしれませんからね」

「あ。それはあるかも」

「…………同意」

危険物がなくなったことで、再び和気藹々《わきあいあい》とした雰囲気が戻ってくる。やっぱり昼休みというものはこうあるべきだ。

「でも、運が良かったね雄二」

「あ？　何がだ？」

「いや。だってさっき僕に『あーん』なんてやってたじゃないか。あんなのを霧島さんに見られたらどうなっていたか」

男同士だったけど。

「ああ。そういうことか。それは……まぁ、その通りかもな。最近のアイツは相手が男だって言っても聞きゃしねぇ。見られていたらどうなっていたか」

「え？　翔子ちゃんならさっきそこを通りかかりましたよ？」

「…………Really《リアリィ》？」

「はい」

神は愚者《ぐしゃ》に対して等しく罰《ばつ》を与える。恐らくムッツリーニも何かの不幸にでくわすことだろう。

「さようなら雄二。最後の食事、楽しかったよ」

「…………来世《らいせ》でも、また一緒にバカをやろう」

「待てお前ら。そう簡単に俺との別離《べつり》を受け入れるな」

女の子の手作り料理を食べて、更に『あーん』までやったんだ。雄二が生きていられる可能性はごく僅《わず》かだ。

「もうっ。明久君も土屋君も、冗談が過ぎますよっ。翔子ちゃんはそんなことで怒ったりはしませんっ」

「いや。アイツはそんなことで人を死地に追い込む女だ」

残念ながらここは雄二の方が正しいと言わざるを得ない。

「坂本君まで何を言ってるんですか。そんなことはありませんっ。だって、翔子ちゃんが怒っていたなら、きっとすぐその場でお仕置きをしますからっ」

それはそれでどこかおかしいということに気付いて欲しい。

「でも、そう言われてみるとちょっと変だね。いつもの霧島さんらしくはないかも」

「…………（コクリ）」

見ていないのならともかく、見た上でお仕置きをしてこないなんていうのは霧島さんらしくない。まさか、前に海でナンパがバレた時のように、後から凄いお仕置きをしてくるとか……？　でも、なんかちょっとおかしいような……。

「ん～……。まぁ、いい加減俺に構うのは不毛《ふもう》だってことに気が付いたんだろ。良い傾向だな」

「あっ！　いつの間に！」

雄二はさして気にした風もなく、残ったおにぎりをぽいぽいと口に放り込んでいる。

気が付けば美波のサンドイッチもなくなっていた。両方とも（姫路さんのは特別製のを除けば）美味しかったのに、どちらも全然残っていない。

「ああ、悪い悪い。美味いもんだから、つい箸《はし》が進んじまった」

「ふふっ。そう言ってもらえると嬉しいです」

嬉しそうに笑って、空っぽになったお弁当箱をしまう姫路さん。普通に食べられる姫路さんの手料理なんてもの凄く貴重なのに、もうなくなっちゃったなんて……。

「明久君。そんなに残念そうな顔をしないで下さい。まだデザートがありますから」

「どこへ行こうとしている明久」

「…………逃げたら撃つ」

「ち、違うんだよっ！　ちょっと飲み物を買いに行こうと思っただけで！」

腕を掴まれ、背中にスタンガンを押しつけられる感覚。こ、こいつら……また僕を盾《たて》にして生き延びる気だな⁉

「ちょっと珍しい果物を頂いたので、持って来ちゃいました」

姫路さんがデザートの入っている方のお弁当箱を取り出す。え？　果物？　それなら普通に食べられるじゃないか！

「そうなんだ。それは楽しみだねっ！」

「珍しい果物か。そう言われると期待しちまうな」

「…………なんだろう」

「はい。えっと——」

姫路さんがお弁当箱の蓋《ふた》に手をかけ、中身を披露《ひろう》してくれる。

「——ザクロを持ってきましたっ」

その果物は、坊主先輩が使っていた召喚獣《しょうかんじゅう》の成れの果てによく似ていた。

☆

『これより、一年生各クラスによる、応援合戦を行います。一年生の生徒は――』

グラウンドにアナウンスが響き渡る。昼休み明け一発目は、誰もが楽しみにしている応援合戦だ。色とりどりの衣装に身を包み、一年生の生徒がグラウンドの各所に集まり、音楽に合わせて演技が始まる。

そんな後輩《こうはい》たちを尻目に、僕らは次にくる自分たちの番の為の準備をしていた。

「学ランなんて久しぶりだなぁ……。中学校以来だよ」

「なんだ。明久も中学は学ランだったのか」

「…………同じく」

「ワシもじゃな」

「へぇ～。秀吉はセーラー服だったんだね」

「明久よ。会話がつながっておらんぞ」

皆で衣装を手にとって和気藹々と話をする。するとそこに、チアガールの衣装を手にした美波がやってきた。随分《ずいぶん》と困った顔をしているけど、どうしたんだろう。

僕の疑問をよそに、美波が秀吉の前に歩み出て、真剣な目をして話しかける。

「ねぇ木下」

「嫌じゃ」

「う……。まだ何も言ってないのに……」

秀吉にしては珍しく、つっけんどんな返事。美波は何を頼もうとしたんだろ？

「そんなこと言わないで。ほら、この衣装もかなり可愛《かわい》いわよ？」

「可愛いから嫌なのじゃ」

美波が広げてみせるチアの衣装から目を逸らすように、ぷいっとそっぽを向く秀吉。

「何度頼まれようと、ワシはチアガールはやらん。ワシはこちらの応援団をやるのじゃ」

「応援団は人数が余ってるじゃない。こっちは二人しかいなくて困ってるの。だから、ね？」

尚も美波が食い下がる。どうしても秀吉にチアをやらせたいみたいだけど、どうしてだろう？

よくわからない美波の行動に首を傾げていると、

『あ。美波ちゃん。早く着替えないと時間がなくなっちゃいますよー』

遠くからチアガールの衣装に着替えた姫路さんが駆けてきた。

タッ、タッ、タッと弾むように駆けてくる姫路さん。いつもはあまり大きく動き回らない姫路さんから、見事な躍動感《やくどうかん》が伝わってきた。……そう。全身の、至るところから、上下の動きに対する躍動感が。

「…………（スッスッ）」

隣でムッツリーニが十字を切る気配がする。

僕は咄嗟《とっさ》に目を伏せ、体奥から沸き上がる赤い情動を必死に堪《こら》えていた。これはまた
――凄い……！

「だから嫌なのよ、あの子と二人で踊るのは……！　揺れるのよ!?　跳ねるのよ!?　暴れるのよ!?」

「そうは言われても、ワシは男じゃからチアガールはやらんのじゃ！」

秀吉と美波の言い争う後ろで、一瞬遅れてムッツリーニが鼻血を吹いて大地に倒れる。危なかった。僕もあと一瞬視線を外すのが遅れたらヴァルハラへと誘《いざな》われていた。

「まぁ、確かに姫路さんと並んで二人で踊ったら、色々と比較されるよね……」

「しかもあの子、すっごい張り切ってて一生懸命飛び回るのよ!?　もう隣にいるウチへの嫌がらせにしか思えないの！」

そっか。持つ者と持たざる者の違いを気にしていたのか……。どうりで秀吉をチアに加えようとしたわけだ。少しでも精神的な被害を減らそうってことか。美波も色々大変だなぁ……。別にそんなこと気にしないでも、美波も充分に可愛いと思うけど。

「秀吉。美波もここまで頼んでいるんだし、チアガールをやってあげたら？　きっと秀吉なら凄く似合うと思うよ」

「嫌じゃっ」

「けど、あんな学ランの下に無理してサラシを巻くくらいなら、おとなしくチアガールをやった方が」

「あ、あれはお主らが、巻かねば教育委員会に訴えられる、と言うから仕方なくつけておると言うのに……！」

そりゃそうだ。秀吉が上に何も着ていなかったら、警察沙汰《けいさつざた》にまで発展することだって考えられるんだから。

「あの、明久君。美波ちゃんは木下君に何をお願いしてるんですか？」

こちらにやってきた姫路さんが、美波と秀吉のやりとりを見て僕に尋ねてきた。えーっと……

『なんでそんなに嫌がるの？　こんなに可愛いのに』

『可愛いからじゃ！　ワシは男なのじゃから、可愛いものは着ないのじゃ！』

『えっとね、木下。ここだけの話なんだけど――』

『なんじゃ』

『――実は、チアリーダーの衣装って……すごく男らしいのよ？』

『さてはお主、ワシを明久レベルのバカじゃと思っておるじゃろ！』

「美波が、秀吉にもチアガールをやってみないかってお願いしてるんだよ」

詳細はともかく、嘘《うそ》はついていない。

「はぁ……。チアガールを、ですか……。どうしてでしょうね？」

「あはは……。きっと女子の数が少なすぎると思ったんじゃないかな？」

「あ。そういうことですか」

ポン、と手を叩く姫路さん。

そして――

「あの、女子の人数が少ないという話でしたら……」

「待って姫路さん。どうしてもう一着チア衣装を取り出してジッと僕の方を見るの？」

着ないよ!?　誰がなんと言おうとも僕はそんなもの着ないからね!?

「ははっ。良かったじゃないか明久。俺も女子が少ないのを心配していたんだ。これで少しは見栄《みば》えも良くなると」

「あの、坂本君……。良かったら」

「待て姫路。なぜ更にもう一着取り出して俺を見る」

どうしよう。姫路さんがなにかよくない頭の病気を患《わずら》っている気がする。

これ以上この話を続けるとまずいことになりそうなので、さりげなく話題を変えるとしよう。

「それはそうと姫路さん」

「はい、なんですか明久君？」

おずおずとした態度でありながら、頑《かたく》なにチア衣装を仕舞おうとしない姫路さんに戦《せん》慄《りつ》しつつ、話を続ける。

「応援の練習、すごく頑張ってるらしいね」

「あ、いえ。それほどでも……」

元々努力家だとは思っていたけど、苦手な運動でも頑張るなんて、姫路さんはやっぱり凄いと思う。

「だが、島田も心配していたが、本当に無理はしなくてもいいんだぞ？　応援合戦はあくまで余興で、体育祭の得点には関係のない種目だしな」

雄二も話題に乗ってきた。美波が心配しているって……物は言い様だなぁ……。

「はい。なるべく無理はしないようにします。けど——」

「けど？」

「私は私のできることで皆の役に立ちたいって、そう思って」

姫路さんはそう言って、楽しげに笑った。

なんというか、姫路さんは前と少し変わったような気がする。この前までだったら野球ができないことを気に病んじゃいそうだったけど、今の姫路さんからはそんな感じがしてこない。僕にはそれが、どこか嬉しく思えた。

「明久君。私、応援頑張りますからっ。応援の応援、してもらえますか？」

「あ、うんっ。勿論だよっ！」

姫路さんがこうして変わってきたのは、学力中心のAクラスじゃなくて、Fクラスにいることが原因なのかもしれない。そう思うと、少しだけ誇らしく思え——

「良かったです。是非応援して下さいねっ。——これを着て」

訂正。彼女の変化は、決して良い方向だけに向かってるんじゃない。やっぱり姫路さんにはAクラスの環境が必要だ。

どうやって彼女に男の服装の常識について説こうかと思っていると、

「…………」

「あれ？　霧島さん？」

珍しく、本当に珍しく——霧島さんが近くを通りかかったのに、雄二の気配に気付かずに歩き去って行こうとしていた。なんか、随分と元気がないようだけど……。

「お、本当だな。おい翔子、どうかしたのか？」

「……あ……雄二……」

雄二が話しかけても力のない声で返事をするだけ。なんだろう。本当に元気がない。

「……野球、負けちゃった……」

「ああ。そうらしいな」

直接は観ていないけど、霧島さんたちが三－Aに負けたという話は聞いている。霧島さんが元気がないのは、それが原因なのかな？

「まぁ、代わりに俺らが勝ったから安心しろ。仇《かたき》は討った」

偉そうに言う雄二。仇討ちなんて微塵《みじん》も考えてなんかいなかったくせに。

「……でも、私の没収品、返して貰えない……」

悲しそうに霧島さんが呟いた。

没収品って、さっき雄二が言っていた同意書のことだろうか。そうか。霧島さんも野球で勝ってそれを取り戻そうとしていたのか。どうりで負けてショックを受けているわけだ。

「没収品って、お前な……」

呆《あき》れたように額《ひたい》を押さえる雄二。

「……結婚式まで、大事に保管しておくつもりだったのに……」

霧島さんが沈んだ声で言うと、

「バカ言うな。あんなもん、没収されてなくても、見つけたら俺が代わりに捨ててやる」

雄二がいつもの調子でそう応《こた》えた。

「……え……？」

なぜか霧島さんが驚いたように顔を上げる。けど、雄二はそんな霧島さんの様子はあまり気にせず、更に言葉を続けた。

「いや。『……え……？』じゃないだろ。あんな物を没収された程度でそこまでショックを受けるなよ」

「……あんな物、って…………」

「そうやってつまらない物の没収で凹《へこ》むくらいなら、常夏コンビ如きを相手に負けたことをだな――」

良い気になって霧島さんに説教を垂《た》れようとする雄二。

そこに、

「…………………っ!!」

――パシンッ

乾いた平手の音が響き渡った。

「……つまらない物なんかじゃ、ない……っ！」

霧島さんが目に涙を溜めて、唇《くちびる》を噛《か》んでいる。

…………え？　これって、一体どういう――

「雄二にだけは、そんなこと言って欲しくなかった！」

頭に響く大きな声。それに怯《ひる》んで一瞬目を閉じてしまい——次に目を開けた時には、霧島さんはこちらに背を向けて走り去ってしまっていた。

「「「…………………」」」

思わず呆然とする僕と雄二と姫路さん。何？　何が起きてるの？

「わ、私、ちょっと翔子ちゃんのところに行ってきます！」

一瞬早く我にかえった姫路さんが、霧島さんを追って駆けていく。

僕と雄二は未だに事態についていけず、お互いに顔を見合わせていた。

そしてしばらくしてから、ようやく雄二が自分を取り戻す。

「……………子の……ヤツ……！」

腹の底から響かせるような、低い声。

「翔子のヤツ……！　な・に・が『つまらない物なんかじゃない』だ！　俺本人が同意していない婚姻届なんか、つまらない物以外の何物でもないだろうがっ！」

直後、怒りを顕《あら》わに、雄二が空に向かって大きく叫んだ。霧島さんに痛めつけられるのはいつものことでも、今回のようなやられ方は許せないみたいだ。

「俺にだけは言われたくないって、俺だから言うんじゃねぇか！　こっちは何も承知してねぇんだぞ！　悪く言うのは当然だろうが！」

まさに烈火《れっか》の如《ごと》く、という表現が相応《ふさわ》しいくらいに怒り狂う雄二。近くに机やロッカーがあったならボコボコにしそうなほどの勢いだ。

「う〜ん……。まぁ確かに、霧島さんにとっては大事でも、同意した覚えのない婚姻届とかであんなに怒られても困るよね……」

「まったくだ！　つまらねぇって言い方が気に食わないのなら、くだらねぇとでも言い換えてやろうか！　あのバカがぁーっ！」

雄二の怒りは収まる気配を見せない。それはそうだ。僕から見ても、霧島さんの言い分は理不尽《りふじん》に思えるくらいなのだから。当人にしてみれば腹立たしいことこの上ないだろう。

野犬のように吠え続ける雄二を前に、いつの間にか持たされていたチア衣装を抱えて溜息を吐《つ》く。やれやれ……。

『じゃあ木下！　こうしましょう！　ウチが学ランを着るから、アンタがチアを』

『それはワシにとって何の解決にもなっておらんのじゃが!?』

遠くからは、こちらに気付かず未だに夢中で言い争っている美波と秀吉の声。

ちなみに、最終的に秀吉はサラシに学ラン姿でボンボンを持って踊るという折衷案《せっちゅうあん》で妥協《だきょう》して、大いに観客席を沸かせていた。

MIZUKI HIMEJI

# 【第七問】

**①〜④の説明に当てはまる元素記号を次から選び、それぞれ正しい名称を書きなさい。**

『Mn　O　S　Na　I　Pb　Ne』

①体心立方構造で、水と激しく反応する。炎色反応では黄色を呈する。

②沸点184・25℃、融点113・75℃。これの溶液にデンプンを加えると反応を起こし藍色を呈する。

③原子量54。過酸化水素の水と酸素への分解反応において、これの酸化物が触媒として用いられる

④希ガス族・第二周期。空気を液化、分留して作られる。

**姫路瑞希の答え**

①Na：ナトリウム　②I：ヨウ素　③Mn：マンガン　④Ne：ネオン

**教師のコメント**

正解です。それぞれの特徴を覚えておくと、化学反応の説明などにもつながります。基礎的な特徴はしっかりと覚えておきましょう。

**島田美波の答え**

『書きたくありません』

**教師のコメント**

どうしましたか。テストのボイコットとは感心しませんね。島田さんは真面目でよい子だと思っていたのに、先生はがっかりです。わからないのであればまだしも、書きたくないというのは理由にもなっていません。そういった姿勢は、学力以前に人としての考え方において問題があります。今後はそのような態度を改めていかないと、いずれ社会に出たときに苦労を

**土屋康太の答え**

①Na：ナ
②I：イ
③Mn：ム
④Ne：ネ

**教師のコメント**

島田さんに謝ってきます。

HIDEYOSHI KINOSHITA

体育祭のプログラムではただの一種目だけど、僕らにとっては最も重要な野球大会。その決勝戦を前に、僕らは一塁側《いちるいがわ》に用意されたFクラスベンチで、スターティングメンバーのそれぞれのポジションや打順を確認していた。

『木下《きのした》は3番か。最初の科目は化学だったよな？』

『うむ。他の科目の出来がイマイチじゃったからの。化学が回ってくるこの打順が都合が良いのじゃ』

『僕も化学に回して貰ったよ。相手が相手だし、少しでも良い点数の科目で勝負しないと』

『俺もだ。この前の世界史や英語は難しかったからな。勝負にならねぇ』

今回の相手は教師陣。歳が歳なだけに運動能力や咄嗟《とっさ》の判断力が衰《おとろ》えている人も多いけど、それを補《おぎな》ってあまりあるほどの点数を誇る最強チームだ。どれだけポジションや動きを確認しても、し過ぎと言うことはない。

「雄二《ゆうじ》は8番で良かったの？」

「…………俺は英語も世界史も点数を取れているからな」

ムスッとして、不機嫌そうに返事をする雄二。どうにもご機嫌斜めだ。

「まったく……。雄二が怒るのも仕方ないけど、それとこれとは話が別なんだから」

フォローのために雄二を宥《なだ》めようとする。するとそこに、脇からチョイチョイと袖を引かれる感覚がした。誰だろう？

（あの、明久《あきひさ》君）

（うん？　何、姫路《ひめじ》さん？）

（仕方がないって、明久君は坂本《さかもと》君が怒られたのはおかしいと、そう思いますか？）

雄二に聞こえないように、姫路さんが小声で話しかけてきた。そう思いますかって言われても……

（いや。だって、話を聞く限りは雄二が怒っても仕方がないような……）

僕だって基本的には雄二よりも霧島《きりしま》さんの味方だけど、流石《さすが》に今回のことはどうかと思う。いくら雄二が相手だとは言っても、霧島さんの怒りは理不尽《りふじん》過ぎる気がする。

（坂本君もああやっていきなり翔子《しょうこ》ちゃんに言われて、売り言葉に買い言葉だったとは思います。だから、全部が全部坂本君が悪いとは言いませんけど……）

ちょっと哀《かな》しげに、姫路さんが言う。

（でも、後で冷静になったら、きちんと翔子ちゃんに謝って欲しいです。そうじゃないと、翔子ちゃんが可哀想《かわいそう》です）

そう言って、姫路さんは目を伏せた。

どうやら姫路さんは完全に霧島さんの味方のようだ。僕としては、雄二の気持ちがよくわかるんだけど……。う～ん……。こういうのって、男女で考え方に差が出るものなんだろうか。

『これより生徒・教師交流野球決勝戦を始めます。皆さん、整列して下さい』

審判《しんぱん》を務める先生の声。

「おら。いつまでもつまんねぇ話してねぇで、行くぞ明久」

「あ、うん」

とりあえずそこで話を打ち切って、ベンチのメンバーも含めた全員でグラウンド中央に駆け寄って整列する。三塁側からは教師陣が歩いてやってきて、僕らと向かい合うように並んだ。

『プレイボール！』

『『おねっしゃ――っす!!』』

一斉に頭を下げて、各自守備位置へ。こちらは後攻《こうこう》。まずは守備からということで、

## 決勝戦　教師チーム戦　Fクラス　スターティングメンバー

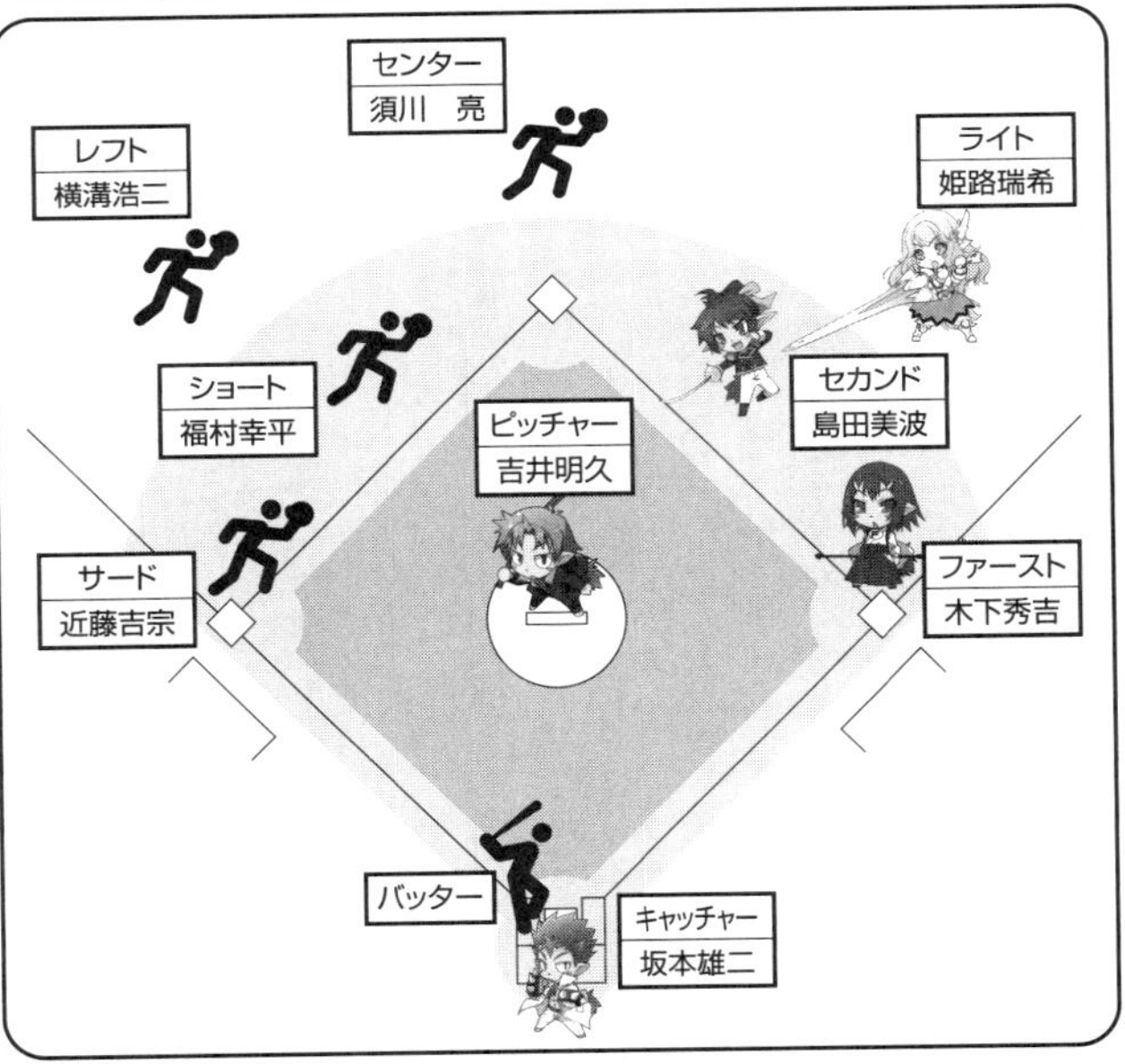


| 打順 | 1番 | 2番 | 3番 | 4番 | 5番 | 6番 | 7番 | 8番 | 9番 |
|---|---|---|---|---|---|---|---|---|---|
| | 近藤吉宗 | 横溝浩二 | 木下秀吉 | 島田美波 | 須川　亮 | 福村幸平 | 吉井明久 | 坂本雄二 | 姫路瑞希 |

| ベンチ | |
|---|---|
| 補欠 | 土屋康太(ムッツリーニ) |
| | 君島　博 |

システム管理者：藤堂カヲル

僕は自分のポジションであるマウンドへと向かった。初回の科目は化学。ピッチャーは僕で、キャッチャーは変わらず雄二だ。

召喚獣《しょうかんじゅう》を喚《よ》びだし、相手の登場を待つ。

「はは……。野球なんて、二十年ぶりでしょうかね。——試獣召喚《サモン》」

教師チームのトップバッター、布施《ふせ》先生がバッターボックスに入って召喚獣を喚びだした。

『化学教師　布施文博《ふみひろ》　VS　Fクラス　吉井明久《よしい》
化学　501点　VS　57点』

ある程度予想していたとは言え、これは酷《ひど》い差だ。まともに打たれたら、こっちの投げるボールなんて場外まですっ飛んでいくだろう。

さて。この難敵《なんてき》を相手にどう攻めるのか……。

マウンド上で雄二のリードを待つ。変化球はないので、送られてくる指示はコースと球の速さの二つだけだ。

《アウトコース　低め　遅い球》

向こうは体育祭の監督の関係もあって、この試合ではメンバーを総入れ替えしている。

つまりこれが向こうにとって初の召喚獣野球となる。最初の球は様子を見てくると判断するのは当然だろう。

小さく頷《うなず》いて、一球目を振りかぶる。外角《がいかく》低めに遅い球……っ！

『ストライク！』

布施先生は動かない。予想通り、向こうはジッと様子を見てきた。当の本人たちですら野球を殆《ほとん》どやっていないのに、更にそれを召喚獣にやらせるんだ。慎重になるのは当然だろう。

《インコース　高めに外す　遅い球》

二球目の雄二の指示はボール球。ストライクゾーンから外した球で相手の反応を窺《うかが》うのだろう。

大きく振りかぶり、二球目を放る。

「……っ」

『ボール』

布施先生はピクッと反応しつつも、なんとか堪《こら》えてその球を見逃した。これでカウントは1《ワン》ストライク、1《ワン》ボール。

雄二が投げ返してきた球を受け、指示を確認する。

《インコースギリギリ　低め　速球》

これで三球目。そろそろ向こうも振ってくるだろうから、この球は特に気を抜けない。全力で投げないと……っ！

思いっきり振りかぶり、全力を込めて球を投げる。くらえ布施先生！　これが僕の、僕たちの全力だ――っ！

『ってすっぽ抜けてんじゃねぇかーっ！』

まずい。力みすぎた。

よりによって打ち頃のど真ん中に、ひょろひょろと僕の投げたボールが飛んでいく。

「っ!?　っとと、と……」

その球を見て、何故か布施先生はフォームを崩しつつバットを振ってきた。あれ？　どうしたんだろ？

バットの先に掠《かす》るように当たったボールは、勢いよく宙に上がっていく。掠っただけでもこの威力だから、凄いことには凄い。けど、当たり所が悪すぎた。

『アウトっ！』

結局打ち上げられたボールはレフトフライとなり、無事にアウト。すっぽ抜けて肝《きも》を冷やしたけど、結果オーライだ。

「やれやれ……。あまりに良い球がきたので焦《あせ》ってしまいました……」

布施先生が苦笑いを浮かべてベンチに戻っていく。なるほど。予想外に素直なボールがきたから驚いたのか。偶然とは言え、化学という科目で化学教師が凡退《ぼんたい》してくれたのは助かる。

「次は僕ですか。試獣召喚《サモン》っ」

今度は若い男の声。いつも僕らに授業をしてくれる竹内《たけうち》先生とは別の、もう一人の二年の現国教師、寺井《てらい》先生だ。

『現国教師　寺井伸介《しんすけ》　VS　Fクラス　吉井明久
化学　２１１点　VS　57点』

２１１点か。文系の先生だけあって、化学はあまり得意じゃないのかな。まぁ、それでもAクラスの上位に入るくらいの点数だけど。

雄二の指示に頷いて、今度はすっぽ抜けないように気をつけながら球を投げる。コースは――狙い通り。どうだっ。

《低め一杯　速球》

「……ほっ、と」

カン、と鈍い音が響き、ボールは低い軌道ながらも地面をえぐるような勢いで、一・二塁間を抜けて転がっていった。く……っ！　早速打たれた……っ！

「ちゃんと捉えたと思ったんですけど、やっぱり生身でやるのとは違いますね」

一塁ベース上で苦笑いを浮かべている寺井先生。そう言えば、寺井先生は学生時代に野球をやっていたって話を聞いたことがあるような……。一球目はボール球から入っていった方が良かったのかもしれない。

1アウト、ランナー一塁。そして迎える3番バッターは――

「宜《よろ》しくお願いします」

学年主任を務める才女、高橋洋子《たかはしようこ》先生だ。いつものビシッとしたスーツではなくジャージを着ているので、今日は少しだけ柔《やわ》らかい印象を受ける。

「お手柔らかに、吉井君。――試獣召喚《サモン》」

いつもは交流のない高橋先生にこうやって話しかけられるっていうのは、本当に珍しいことだ。前回話をした時と言えば、例の学年全体での覗《のぞ》き事件だったし。そう考えると、こういった催《もよお》しは確かに交流が深まると誰か助けてぇっ！

『学年主任　高橋洋子　ＶＳ　Ｆクラス　吉井明久
　化学　　８０１点　ＶＳ　57点』

『『『ぶほぉっ！』』』

頼りになる守備陣が一斉に吹き出したのがわかる。８００点って、この人何してるの!?　どうして担当教師よりも点数が高いの!?

《勝負にならねぇ。敬遠《けいえん》するぞ》

雄二から、歩かせろという指示がくる。その意見に全面的に賛成だ。こんな点数の人を相手に、僕の点数で勝てるわけがない。敬遠は当然の判断だろう。なるほど。今まで勝負してきた対戦相手も、姫路さんが出てきたらこんな気分だったんだ――うん？

「あれ？　なんだろ……？」

バッターボックスに立つ高橋先生の召喚獣に、どこか違和感があるような気がした。構えがぎこちないってのはわかるんだけど、それだけじゃなくて……。あっ！　バットを持つ右手と左手の位置が逆なのか！　って、ことは……？

《雄二。ここは勝負だよ。高橋先生は野球に慣れていない》

アイコンタクトで雄二に高橋先生の手を見るように伝える。すると、雄二も手の位置が逆だということに気が付いたようで、キャッチャーミットを構え直した。

『高橋先生。手が逆だな。それだと打《う》ち難《にく》いはずだ』

「ああ、どうりで……。アドバイスありがとうございます西村《にしむら》先生」

待機中の鉄人《てつじん》に言われ、バットを構え直す高橋先生。持ち方は正しくなったけど、高橋先生が野球に慣れていないのはよくわかった。これなら打ち取れる可能性がある。

《アウトコース　高めに外す　速球》

高橋先生の構えと位置取りを見て、雄二が微妙にキャッチャーミットの位置を変えた。ボール球で釣る気か……。あまりバットに当てるのが上手《じょうず》だとは思えないし、外していって空振りを誘うのは良い手かもしれない。

雄二の指示通りのコースに投げようと、セットポジションに入ったその時。

「ええと、こうでしたか」
高橋先生が姿勢を変え、バントの構えを取った。

『ストライク！』

コースを外しておいたので、バットに当たることなく白球がミットに収まる。送りバント狙い……？　う～ん……。
《ここは黙って送らせて、アウトを一つもらうぞ》
雄二がボールを戻しながら、そんな指示を送ってきた。確かに雄二の考えている通り、向こうが送りバントをやってくるのなら、こっちもそれに乗っかってアウトを一つ増やした方がいい。その理由は簡単。向こうの次のバッターは４番だからだ。ただでさえ点数が高い教師チームの、４番。点数を見るまでもなく、敬遠は確定だろう。つまり、一塁のランナーは送っても送らなくても、どちらにせよ二塁に進むことになる。それならアウトを一つ貰える分、黙って相手に送りバントをやって貰った方が得だろう。
ポジションにつき、大きく振りかぶる。まったく、先生方も甘いな。ここでバントだなんて、そんなのはただでアウトカウントを一つプレゼントしてくれるようなものだと、ちょっと考えれば――

「って、そんなわけがないっ！」

相手はまがりなりにも教師チームだぞ!?　そんなに考え方が温《ぬる》いわけがない！　僕でも気が付くような簡単なことに、気が付いていないはずが……っ！

そうは思っても後の祭。気が付けば、手から離れたボールはバッターの手元にまで至っていた。

「ここで、こう……」

ゴン、と硬い音が響いた。一応、バントということに変わりはない。ただし――

「プッシュバントかっ！」

バントはバントでも、プッシュの方。送りバントとは違い、これはヒット狙いのバントだ。くそっ。向こうの狙いはこういうことだったのか！

目の前に転がしてくることを予想して前に飛び出していた僕とサードの間を、低い軌《き》道《どう》でボールが抜けていく。まずい……っ！

と諦めかけていたところに、天が味方してくれた。

「任せろっ！」

「福村《ふくむら》君っ!?　良かった！」

ボールの行方は、幸運にもショートを守っている福村君の真っ正面だった。

身体の正面にきっちりとグラブを構えて、捕球の姿勢に入る福村君。そして、ボール

を受けてファーストへ送球しようとして
「ごぶるぁあっ⁉」

「「「んだとぉっ⁉」」」

ボールと一緒に、福村君の召喚獣がすっ飛んでいった。ちょ、ちょっと待って⁉　どういうこと⁉　今のってただのバントだよね⁉　どうして振り切ったわけでもないスイングで召喚獣が吹っ飛んでいくほどの威力が出るの⁉

『高橋先生、あれなら二塁まで行けます！』

教師チームの誰かが叫んだ。吹っ飛んだ福村君の召喚獣が溢《こぼ》したボールはセンター前に転がっている。これは行かれる……っ！

「二塁ですか。わかりました」

冷静に頷く高橋先生。

そして、その直後。高橋先生は凄い勢いで召喚獣を走らせ、二塁へと向かわせた。

一直線に。

マウンドの上を突っ切って。

『『『……………………は？』』』

ランナーの寺井先生を含め、その場にいる全員の目が点になった。

『……バッター、アウト』

審判が高橋先生の凡退を宣告する。野球のルールの一つに、ランナーは所定の場所以外は走っちゃいけない、というものがある。それと、一塁ベースを踏まずに二塁ベースを踏んではいけない、というものも。どうやら高橋先生はそのへんのことを一切知らなかったようだ。

『高橋先生……。アウトなので、ベンチに戻って下さい……』

『なぜですか』

『そういうものなんです……』

眼鏡《めがね》の奥の瞳《ひとみ》を若干不満そうに歪《ゆが》めて、高橋先生の召喚獣は自陣へと戻っていった。

姫路さんといい、高橋先生といい……勉強ができるのに、どうしてこういうことは全然知らないんだろう……。

『えっと……、はい。タッチアウトっす』

『え？』

ついでに、呆気にとられて一・二塁間で棒立ちになっていた寺井先生からもアウトを

## ○正しい二塁の進み方

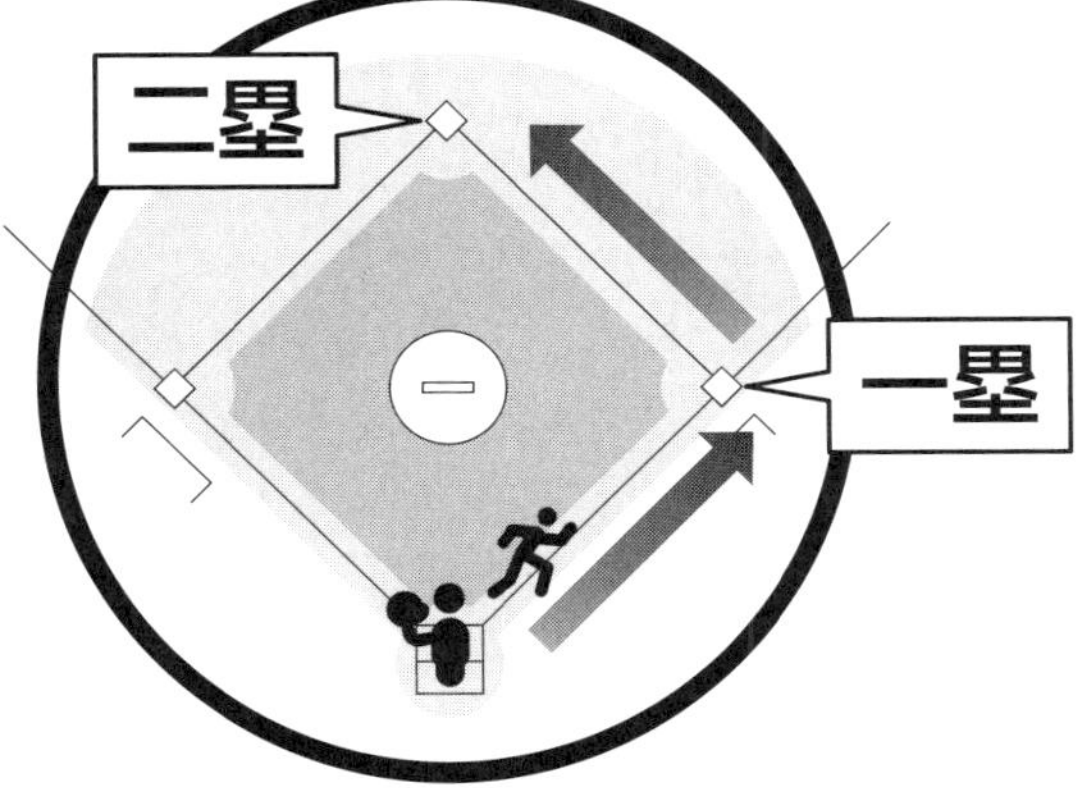


## ×誤った二塁の進み方

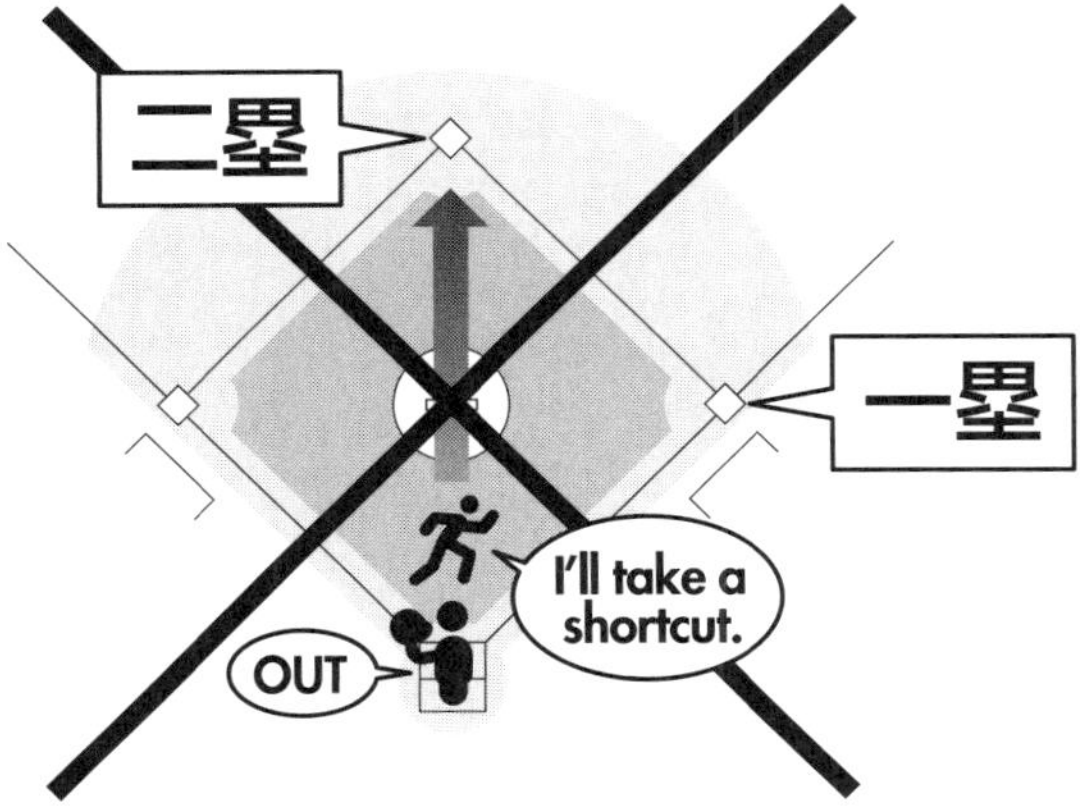

貰った。全員が呆然《ぼうぜん》としている間に、こっそりとボールを拾って行動を起こしていた須《す》川《がわ》君のファインプレイだ。ファインプレイなんだけど……この盛り上がらない気分はなんなんだろう。

『学年主任　高橋洋子　VS　Fクラス　福村幸平《こうへい》
　化学　　　801点　VS　DEAD　』

ちなみに、福村君の召喚獣は静かに天に召《め》されていた。

☆

「んじゃ、行ってくるぞ」

「頼んだよ、近藤《こんどう》君」

「任せとけ。一発デカいのを打ってきてやる」

こちらのトップバッターの近藤君が打席に立つ。向こうは化学という科目もあって、ピッチャーは布施先生、キャッチャーは鉄人という組み合わせだ。学年主任の高橋先生の守備位置はライト。さすがにピッチャーを任せるわけにはいかなかったのだろう。つくづく姫路さんと立ち位置が似ているなぁ。

「ライトに飛ばせたら、もしかしたらまだチャンスがあるかもね」

隣にいる雄二に話しかける。高橋先生のところにボールがいけば、何かのミスを期待できる気がする。

「ああ、そうかもな」

雄二はぶっきらぼうな返事で応えた。ご機嫌は一向に直る気配を見せない。

「ホント、この試合どうなるんだろ……？」

思わずぼやいてしまう。

前にちょっとだけ聞いた『ストライク！』作戦だと『ストライク、ツー！』僕らの勝負は『ストライク！　バッターアウト！』終盤あたりらしい。雄二としては『ストライク！』この辺の攻撃には『ストライク、ツー！』全く期待していないんだろうけど『ストライク！　バッターアウト！』それでも一応は『ストライク！』味方の攻撃なんだから『ストライク、ツー！』ちゃんと応援するべきだと『ストライク！　バッターアウト！　チェンジ！』さぁ守備だ。頑張ろう。

近藤君、横溝《よこみぞ》君、秀吉《ひでよし》の三人が全員三球三振《さんしん》に倒れた。向こうに比べて、僕らの攻撃はなんて短いんだろう……。

再び守備位置につく僕たちＦクラス。科目は世界史ということで、ピッチャーはまた僕がやることになっている。前の召喚大会以来、日本史や世界史はちょとした得意科目になっているから、ここは活躍できそうだ。

「さぁ来いっ！　今度はさっきまでのようにはいかないはずだっ！」

マウンド上でバッターを待つ。さて、次の打者は？

「威勢《いせい》が良いな吉井」

て、鉄人……。なんかもう、いきなり意欲が削《そ》がれたような……。いや、でも鉄人の怖いところは、学力じゃなくて本人の身体能力のはずだ。Fクラスなんかの担任をやっているわけだし、頭はそこまで良くないと

『補習教師　西村宗一《そういち》　VS　Fクラス　吉井明久
世界史　741点　VS　121点　』

《敬遠するぞ》

《OK雄二》

目を見るまでもなく雄二の考えが伝わってくる。あんな化け物を相手に真っ向勝負なんて、そんなのバカのやることだ。

雄二がキャッチャーミットをストライクゾーンの外に構える。あれ？　立ち上がらな

いのかな？　敬遠と見せて、打ち取れそうだったらストライクも入れていくとか？　それとも単純に立ち上がるのが面倒なだけ？

疑問に思ったけど、とりあえず雄二の指示通りの場所へ向かってボールを投げる。

すると、鉄人は眉《まゆ》を顰《しか》めながら一球目を見逃した。

『ボール』

審判が告げ、受けたボールを僕に向かって雄二が投げ返す。

そんな様子を見て、鉄人は低い声で言った。

『……これは、坂本の指示か？』

『そうだが、何か？』

鉄人に返事をしつつ、再度同じ場所にミットを構える雄二。鉄人は『そうか』と不機嫌そうに吐き捨てると、視線を僕に戻した。鉄人は何が言いたいんだろう。まさか、敬遠が汚いなんて言うつもりだろうか。

『お前たちは勉強が苦手でも、こういったことはわかっているものだと思っていたんだがな……。まだまだ教育が必要だということか』

『？　何を言ってるんだ。敬遠くらい、勝負の世界では常識だろう。この程度のことで文句を言うとは――』

『いいや。そういうことを言っているんじゃない。……いいか、坂本。教師として一つ言っておく』

鉄人と雄二の会話をよそに、ひとまずミットめがけてボールを投げておく。どうせ敬遠なんだ。会話の最中に投げても
『――何事も、やるならば徹底的にやれ！』

ガギン、と豪快《ごうかい》な音が響き、ミットに向かっていたはずのボールがかき消えた。バカな!? 敬遠球を打たれたのか!?

一瞬で視界からボールが消え去る。行方を目で追うまでもない。打たれたボールがフィールドの中に存在しないのは明らかだ。

『ホ……ホームラン！』

『……………ふん』

鉄人の召喚獣が淡々と各ベースを回っていく。しくじった……！ やっぱり敬遠するのなら、面倒がられてもきちんと雄二を立たせて、絶対にバットの届かない場所に投げるべきだった……！

『く……』

雄二が悔《くや》しげに唇《くちびる》を噛《か》むのがマウンド上から見える。本当に、つくづくらしくない。鉄人に言われるまでもなく、雄二はやる時は何事も徹底してやる奴だ。だというのに、こんな大事な場面で手を抜くなんて、いつもの雄二じゃない。

これはいよいよ、黙っていられなくなってきた。

「タイム！」

咄嗟《とっさ》にタイムを申告し、雄二のところに駆け寄る。

「……なんだ、明久。文句でも言いにきたのか？」

雄二は面白くなさそうに僕の顔をジト目で見ていた。

「うん。まぁね」

「けっ。んなもん、言われなくても自分でもわかってらぁ」

荒々しく吐き捨てる。

自分が本調子じゃないことを、雄二自身も充分わかっているのだろう。今の鉄人の敬遠だってそうだし、一回の高橋先生の時のことも。いつもの雄二なら、僕よりも先に高橋先生のバットの握り方が逆だってことに気が付いたはずだ。それに、向こうがプッシュバントを企んでいたことだって。僕ですら気が付いたことに、悪知恵の働くコイツが気付かないわけがないのだから。

「わかってるならあまりうるさくは言わないけどさ。他のことを考えながら勝てる相手じゃないからね」

「充分うるせぇよ。いいからさっさとマウンドに戻れ明久。まだ試合の途中だぞ」

「へいへい。とにかく、集中するようにね」

それだけ伝えて、とりあえずはそれ以上言及《げんきゅう》せずに元の位置に戻る。

とは言え、

「集中しろとは言ったものの、僕自身も雄二が荒れても仕方ないと思えるからなぁ……」

正直、無理な注文をしていると自分でも思う。

やれやれ……。アイツがあの調子だと、この勝負はダメかもしれないなぁ……。


『プレイッ』


僕がマウンドに戻ると、審判が試合再開のコールを発した。

試合はノーアウト、ランナーなし。お次の相手は5番打者、保健体育の大島《おおしま》先生。

「体育の授業ではなく、召喚獣で生徒と野球をすることになるとは……。試獣召喚《サモン》」

『保体教師　大島武《たけし》　VS　Fクラス　吉井明久

世界史　　233点　　VS　　121点　』

授業の殆どが体育の実技で、座学は保健体育くらいしかないはずなのにこの点数。運動神経は言うまでもないので、勝負に踏み切るには勇気のいる相手だ。

《インコース　低め　速球》

雄二の指示は、一般的に打ちにくいと言われるインコース。低めに集めるのは、長打を避ける為だろう。消極的ではあるけど、無難《ぶなん》な選択だ。

第一球を構え、ミット目がけて思い切り投げ込む。

カキン

『ファール』

打球は三塁線《さんるいせん》を越えて、グラウンド脇《わき》の茂みの方へと飛んでいった。いきなり振ってくるなんて、大島先生はかなりやる気だ。

「なるほど。確かに自分でやるのとは大分違うようだ」

大島先生が小さく呟《つぶや》く。教師チームは準決勝とメンバー総入れ替えで良かった。これが二度目の試合で慣れていたらと思うと、正直ぞっとする。

ボールを受け取り、二球目の指示を待つ。

《インコース　高めに外す》

またもやインコース。相手がこの野球に慣れていないうちに、徹底的に打ちにくいところを攻めていくということか。

雄二の指示に頷いて、セットポジションを取る。今の指示には球速の指示がなかった。つまり、さっきと同じで良いってことだろう。

《――遅い球》

「――えっ⁉」

今更になって球速の指示が来る。あのバカ、こんなタイミングで……っ！

投球モーションに入った状態から無理矢理動きを調整する。うまくいくか……！

召喚獣の姿勢が崩れ、遅い球がキャッチャーに向かって飛んでいった。コースは――最初の狙い通りにいってない！　ストライクゾーンに入ってる！

「――っ！」

大島先生の召喚獣がバットを振り、ボールは高く舞い上がった。軌道はまたもや三塁線上。バットの根本に当たったようで、飛距離は伸びていない。

『間に合え――っ！』

横溝《よこみぞ》君の召喚獣がその打球を必死に追いかけて、なんとか捕球《ほきゅう》に成功。何もなければこれでアウトなんだけど……。

『…………』

審判がアウトの宣告をしない。僕のさっきの二段モーション気味の投球に対して、ボーク（ランナーがいないから厳密には反則投球だけど）を取るか考えているんだろう。そんな審判に対して、打者の大島先生が自陣に戻りながら告げた。

「今のはアウトで構わない」

一回目ということで見逃してくれたのだろうか。随分と余裕のある態度で癪《しゃく》に障《さわ》るけど――正直、助かった。

雄二のヤツ、本気で腑《ふ》抜《ぬ》けになってやがる。持ち前の大胆な決断力はどうしたんだ。

《……………指示が遅れた。次からは気をつける》

雄二は苛立《いらだ》ちに顔を歪めながらも、とりあえずといった様子で謝《あやま》っていた。

そんな不安定な状態のまま、試合が続く。

現在の状況はツーアウト満塁。長谷川《はせがわ》先生がフライを打ち上げてくれたけど、他の三人の打者にはシングルヒットを二本打たれて、更にフォアボールを出してしまうという惨憺たる結果だ。低めに球を集めたおかげで長打《ちょうだ》はなんとか避けているけど、ピンチもいいところだ。

そして、迎える打者は一巡して再び1番の布施先生。二度目の登場ともなると、召喚獣野球にも少しは慣れてきているところだろう。もう、一回の時のような相手のミスは期待できない。

そんな僕の緊張が伝わったのだろうか。視界の隅で秀吉が手をあげて、僕に何かを訴えていた。牽制球《けんせいきゅう》でも投げて一息入れろってことだろうか。

一塁のランナーは殆どリードを取っていないので牽制の必要はないけど、間を取るために秀吉のところにボールを投げる。

パシン、と軽く投げられたそのボールを受け取る秀吉の召喚獣。ランナーは当然アウトになるわけもなく、悠々《ゆうゆう》と塁上に立っていた。

『セーフ』

審判のコールが響く。こっちだってこれでアウトを貰えるとは思っていない。あくまでも今のは緊張を解《ほぐ》すための行動——だと思っていたのに、ボールを受けた秀吉は心配そうに顔を歪めていた。ん？　なんだ？　今の僕の送球がどこかおかしかったとか？

『タイムじゃ』

審判に申告して試合を中断し、秀吉とその召喚獣がこちらにやってくる。ボールを渡すためと、僕に何かアドバイスをするためだろうか。

「？　どうかした、秀吉？」

「うむ。実はじゃな——」

秀吉が僕に近寄り、耳打ちをするように小声で囁《ささや》く。その足元では、お互いの召喚獣も本人たちと同じように接触していた。

「実は、なにかな？」

「実は、ワシは試合が終わったら——風呂に入りたいのじゃ」

「——っ!?」

一瞬野球のことを忘れて意識がトリップしかけた。

秀吉の……お風……呂……？

突然なんでそんなことを言い出すんだ。こんな場面で僕を惑《まど》わせて何か秀吉に得があるんだろうか。それとも何か深い意味が隠されているんだろうか。もしかしたら最近秀吉の胸がちょっとずつ成長していることに関係があるのだろうか。

「それだけじゃ。邪魔したの」

何かを企《たくら》んでいるような、小悪魔的な笑みを残して守備位置に戻っていく秀吉。一方僕は、混乱から抜け出せずにいた。

わからない。どうしていきなりお風呂の話をしてきたんだ。そんな話を聞かされて、僕は一体何をしたらいいんだ。秀吉のお風呂を見守ればいいいんだろうか。


『プレイッ』


と、審判の試合再開の宣言が急に耳に飛び込んできた。

そ、そうだ。今は野球の試合の最中だった。今考えるべきは秀吉がどうしてお風呂の話をしたのか、ということじゃない。今考えるべきは、このピンチの局面をどう乗り切って秀吉と一緒にお風呂に入るかだ。うまく打ち取れば笑顔で秀吉とお風呂。打たれてしまえば涙交じりで秀吉とお風呂だ。これは負けられない！


『……なんだか、明久君から邪《よこしま》なオーラを感じます』

『……なんかわからないけど、無性《むしょう》に腹が立ってきたわ』

よしっ！　気力が湧《わ》いてきた！　なんとしてもアウトをもぎ取るぞ——って、あれ？

「ん？　ボールがない……？」

構えて投球を始めようとすると、僕の召喚獣がボールを持っていないことに気がついた。あれ？　さっき秀吉が召喚獣を連れてマウンドに来た時、一緒に持ってきてくれていたような気がしたんだけど……受け取らなかったっけ？

ボールの行方を捜し始めた、その時。

『タッチアウト、じゃ』

『……はい？』

一塁側からしてやったり、という秀吉の声が聞こえてきた。タッチアウト？　どういうこと？

僕の手元にボールがなくて、代わりに一塁を守っている秀吉のグローブの中にボールが握られている。そして、秀吉は一塁ベースから離れてリードを取ったランナーにそのグローブを当てていた。これって、まさか——隠し球⁉

『ランナーアウト、チェンジ！』

審判が攻守交代を告げる。え？　本当？　このピンチを凌《しの》ぎ切《き》ったの？

「木下、ナイス！」

「隠し球なんて、味な真似しやがって！」

「…………グッジョブ」

「これでワシも役に立てたようじゃの」

自チームのベンチに向かいながら、皆が秀吉の活躍を褒《ほ》め称《たた》える。本当に助かった。

正直、絶対に打たれると思ってた。これで、これで――

「これで、気持ちよく秀吉と一緒にお風呂に入れるっ！」

「……お主《ぬし》はいきなり何を言っておるのじゃ……？」

秀吉がなぜか呆れ顔になっていた。うん？　おかしいな。

「あれ？　だって、さっき秀吉が僕のところに来た時、一緒にお風呂に入ろうって」

「何を言っておる。ワシはそのようなことは一言も言っておらんと――」

と、そこまで言ってから、秀吉は急に思い直したかのように意見を翻《ひるがえ》した。

「い、いやっ。そういえば言ったの！　そうじゃな！　風呂じゃ！　明久よ、是非ワシと共に男湯へ――くふぅっ」

「あらあら、ダメじゃない木下。お風呂は性別ごとに分かれて入るものなのよ？」

「そうですよ木下君。お友達と一緒にと言うのなら、お風呂は後で私たちとゆっくり入りましょうね？」

「し、島田《しまだ》に姫路!?　落ち着くのじゃ！　お主ら、ついにワシと風呂に入るということにすら違和感を覚えなくなっておるのか!?」

姫路さんと美波《みなみ》が秀吉の腕を抱えてにこやかに微笑《ほほえ》んでいた。まぁ、そりゃそうだよね。流石に僕も、異性と一緒にお風呂に入るなんてことが許されるとは思っていない。さっきのは隠し球の時に特有の、軽いジョークみたいなもんだろう。そう。言うなればお遊びだ。そんなことはわかっている。わかっているんだ。……だから決して、僕は落胆などしていない……っ！

「…………明久。さっきの風呂の話について詳しく」

いつの間にかムッツリーニがレコーダーを構えていた。コイツのエロスの気配を感じ取ってからの行動力は驚嘆《きようたん》に値する。

って、それはいつものことだから置いといて。

「さぁ皆、今度はこっちの攻撃だよ！　そろそろ流れを引き込もう！」

「「「おうっ！」」」

「さぁ皆、またこっちの守備だよ。頑張ろう」

「「「おー……」」」

早い。早すぎる。どうしてこっちの攻撃は一瞬で終わってしまうんだ。

打者が三人で綺麗に抑えられて3アウト、チェンジ。今のところ一本のヒットはおろか、フォアボールやデッドボールすら貰えていない。なんて一方的な試合なんだ。

僕らは後攻なので、二回の裏が終わって今度は三回の表。科目は世界史から物理へと変更された。

1番打者の布施先生に綺麗にヒットを打たれ、2番打者の寺井先生にはセーフティバントを決められてしまい、あっという間にノーアウト、一・二塁。気がつけばまたもやピンチだ。

そして、迎えるバッターはこの人。

「宜しくお願いします」

学年主任を務める才女、高橋洋子先生だ。

《敬遠はしないよね？》

☆

《当たり前だ》

予想通りの雄二の返事。ここで高橋先生を敬遠したら、ノーアウト満塁《まんるい》で鉄人になる。

高橋先生は怖いけど、その後に控えている鉄人はもっと怖い。あの点数で、あの運動能力。どうやったところで勝てる相手じゃない。

「今度はうまくやります」

高橋先生の召喚獣がかなり短くバットを持って構えを取る。スイングとバントの中間くらいで軽く掲げるような構えだ。く……っ！　完全に当てることだけに特化した構え方だ……！　さては教師チームの誰かの入れ知恵か⁉

《アウトコース　高め　速い球》

雄二が召喚獣から最も離れたコースを指示してくる。バットを短く持っている様子を見ての判断だろう。

全力を込めて指示通りのコースに球を投げる。何の準備もしていなければ打ちにくいコースのはず――

「まぁ、予想通りですね」

「「――っ⁉」」

突如《とつじょ》、高橋先生の召喚獣が思い切り腕を伸ばした。しまった！　野球に関しては素人だから油断していたけど、頭の良さはこの中でも随一《ずいいち》の人だった……！

コースを読まれ、あえなく打たれてしまう僕の全力投球。そのボールは低い軌道を通り、

「い、嫌だぁっ！　こっちに飛んでこなぶるぁあっ！」

またもや福村君の召喚獣を吹き飛ばし、センター前へと転がった。く……っ！　今度こそ完全にやられた……っ！

『高橋先生！　今度はきちんと一塁から順に回って下さい！』

教師チームから指示が飛ぶ。ちぃっ！　余計なことを！

「わかっています。同じミスは、二度と犯《おか》しません」

高橋先生の召喚獣が点数に比例した速さで一塁ベースを踏み、二塁ベースを踏み、三塁ベースを踏む。なんて足の速さだ。速い。速すぎる。

速すぎて——

『高橋先生……アウト、です……』

『なぜですか』

速すぎて、前の走者を追い越してしまった。

『『……………』』

見ている全員が言葉を失う。

野球のルールの中に〝後位の走者がアウトとなっていない前位の走者に先んじた場合、後位の走者がアウトとなる〟というものがある。要するに、前のランナーを追い抜いたらアウトになるってことだ。

ま、まぁ、このルールは知らなくても仕方がない……の、かな……？　きっとこれは、高橋先生の召喚獣が強すぎたが故《ゆえ》に起きた悲劇だろう。僕たちにしてみたら幸運だけど。

『とにかく高橋先生。アウトなので戻って下さい……』

『納得できません』

『そういうものなので……』

高橋先生が不満そうな目をしつつ、自陣へと戻っていった。なんというか、この試合のおかげで高橋先生が急に身近に感じられてきたなぁ……。あの人、姉さんとどこか似ている感じがするし。

『えっと……、はい。タッチアウトっす。ほい、島田っ（ヒュッ）』

『え？』

『(パシッ) オッケー。それじゃ、こっちもアウトです』

『あ』

高橋先生の行動にまたもや呆然として立ち尽くすランナー二人に、須川君と美波がそれぞれボールを握ったグラブを当てた。これで、一応3アウトなんだけど……。


『…………3アウト、チェンジ』


審判が力なく、呟くように宣告した。そりゃそうだ。こんな奇抜《きばつ》なトリプルプレイ、見たことも聞いたこともない。力が抜けて当然だろう。

『まさかあの高橋先生が、あんなにおかしな行動を取るとは……』

『僕、密かに高橋先生に憧れていたんですけどね……』

布施先生と寺井先生がトボトボと歩いてベンチに戻っていった。常日頃、職員室でビシッと知的な高橋先生を見ている分ショックが大きいのかも知れない。

「と、とにかくこれでピンチは凌いだ！　そろそろ一本出そう！　こっちの最初のバッターは」

「お主じゃな、明久」

あ、そっか。僕か。ここは責任重大だ。なんとしても期待に応えて
「……期待してるぞ、坂本」

「坂本、お前だけが頼りだ」

「頼む。ホームランをかっ飛ばしてくれ」

皆どうして僕の次の打者にエールを送るんだ。

「皆、それは僕に余計なプレッシャーをかけまいという気遣《きづか》いなんだよね？」

「「「……あー……まぁ、そうだな……。一応吉井も…………」」」

「もういいよ！　形だけの声援なんていらないよ！」

あまりの皆の期待の寄せ方に、僕は顔で凹《へこ》んで心で泣いた。

「あの、明久君。頑張《がんば》って下さいね」

そこに訪れる、天使の癒《いや》し。

「ひ、姫路さん……！　ありがとう！　頑張ってくる！」

「はい。応援してますっ」

「よしっ！　この打席を、姫路さんに捧《ささ》げるよ！」

ここは男の見せ所だ！　いっちょ格好良いところを見せないと！

意気揚々と打席に向かい、僕は相手ピッチャーをしっかりと視界の中央に置いた。

『デッドボール』

「ぎにゃぁぁああっ！　手が！　左の手首から先の感覚がぁああっ！」

「す、すいません吉井君……。力加減に失敗してしまって……」

気合を入れて身を乗り出していたら、いきなり相手の失投が……っ！　すっぽ抜けのくせにどうしてこんなに威力が高いの!?

『あ、あの……。捧げると言われても、これはどう受け取ったら……』

『鼻で嗤《わら》ってやればいいのよ瑞希《みずき》。格好つけたクセに情けないですって』

『は、はぁ……』

「うぅ……。活躍どころか格好悪いところを見せちゃったよ……」

痛みでのたうち回っていた状態から起き上がり、一塁へと進む。僕の召喚獣、なんだか死にかけみたいなんだけど……。

とは言え、一応進塁は進塁。しかもノーアウトのランナーだ。この試合で初めてのチャンスだと言ってもいい。ここは次のバッターに期待したいところだ。

「さて。俺の番か」

ネクストバッターの雄二が打席に入る。雄二の点数と運動神経なら、もしかしたらいけるかもしれない。

『化学教師　布施文博　ＶＳ　Ｆクラス　坂本雄二
　物理　　　２６９点　ＶＳ　１８８点　　　』

科目は物理だけど、ピッチャーは見ての通り化学の布施先生。物理の先生は立ち会いの為の一人しか手が空いていなかったみたいだ。代理の布施先生も一応雄二より点数が高いけど、運動神経や反射神経を加味するとこれはかなり良い勝負が期待できる。僕も雄二が打った瞬間に走り出せるように準備をしておこう。

「今度は失投をしないように気をつけなくては……」

布施先生の召喚獣が投球姿勢を取り、ボールを投げ放つ。コースはど真ん中で、球速も普通。さっき僕を相手にデッドボールを出してしまったので加減をした球になったのだろう。これは……絶好球だ！

「…………っ」

雄二がその球を見てピクッと動き――そのまま見送る。

『ストライク！』


結果、ストライクカウントが一つ増えた。あの球を打たないなんて、何か考えがあってのことだろうか。それとも単に間を外されただけだとか？

首を傾げているうちに、布施先生が二球目を放る。今度はアウトコース低めの球だ。ギリギリストライクゾーンに入っているけど、どうする？

「こ……の……っ！」

さっきと同じように一瞬身体を震《ふる》わせて、そこから雄二はバットを動かした。

カツッと半端な音を響かせて、ボールがピッチャー前に転がる。あのバカ！　判断に迷ってきちんとバットを振り切らなかったな⁉

ピッチャーがボールを拾い、二塁へと送球する。くそぉっ！　間に合わない！

『アウトッ！』

僕の召喚獣が到達するより早くボールが二塁手のグローブに収まる。そして、そのまま二塁手は受け取ったボールを一塁へ向かって投げた。

『アウト！』

打者であった雄二もアウトとなり、一気に2アウトになった。千載一遇のチャンスは、残念ながらものにすることができなかったようだ。

「くそぉっ！」

ベンチに戻る時、雄二が悔しげに吠えていた。

召喚獣を従えて、僕も自陣のベンチに戻る。すると、そこに美波がやってきた。

（アキ。坂本のヤツ、何があったの？）

美波が雄二を心配そうに見つつ、小声で僕に話しかけてくる。そう言えば、美波と秀吉は霧島さんと雄二のやり取りを見ていないんだっけ。

（霧島さんと、ちょっと）

（ふ～ん……。ちょっと、ね……）

ろくな説明もなかったのにそれだけで何かを察したのか、それとも首を突っ込むのは野暮《やぼ》と思ったのか、美波はそれ以上は何も聞かず、黙ってベンチへと戻っていった。

『ストライク！　バッターアウト！　チェンジ！』

「はぅ……。すいません……」

美波と話している間に、アウトになった姫路さんが戻ってくる。これで攻守交代だ。三回が終わって、スコアは0対1。スコア上では1点差だけど、試合運びはこれでもかと言うほど圧倒的な差があった。

そろそろいつものように逆転劇を仕掛けたいところだけど、肝心の雄二がこの調子だしなぁ……。

なんて諦めていても仕方がない。ダメで元々。一応雄二を宥《なだ》めてみようか。

「雄二。気分は――」

「あァ？」

話しかけたら凄い目つきで睨《にら》まれた。やっぱり怒りは全然収まっていないらしい。

「まったく……。雄二も大人になりなよ。霧島さんだってたまには機嫌の悪い時くらいあるだろうからさ」

「何が機嫌の悪い時だ！　そんなもんで納得できるか！」

火に油を注いだが如く、更に怒りを燃やす雄二。

そしてプルプルと握りしめた拳《こぶし》を震わせて、

「だいたい、どうして俺が、本人の同意もない紙切れ一枚没収された程度で、あそこまで怒られなきゃならんのだ！」

と、本日何度目かの遠吠えを始めた。こりゃダメだ。

やれやれ、と肩を竦《すく》める僕。すると、そんな中――

「え？　紙切れ、ですか？」

姫路さんが小さく首を傾げていた。あれ？　彼女は霧島さんが何を没収されたのか知らないのかな？

「なんだ姫路。人の大事な物を紙切れ呼ばわりするな、とでも言いたいのか？」

流石に姫路さんに八つ当たりとまでは言わなくとも、少しきつめの口調で問いかける雄二。

そんな雄二に、姫路さんは不思議そうな顔をして答えた。

「いいえ、そうじゃなくて……。紙切れって言うのが、私の聞いた話と違うと思って」

え？　聞いた話と違う？　何が？

嚙み合わない会話に、今度は僕と雄二が頭に疑問符《ぎもんふ》を浮かべる。

「姫路さん、それってどういう――」

「えっと……。私は、翔子ちゃんが没収されたのは、如月《きさらぎ》ハイランドで坂本君から貰ったヴェールだって聞いたんですけど……」

「「…………………は？」」

思いも寄らぬ台詞《せりふ》に、なぜか僕まで一緒になって聞き返してしまった。

ヴェール？　ヴェールって……花嫁《はなよめ》衣装の、顔にかけるあの薄い布のこと？　如月ハイランドってことは、あのウェディング体験の時の物？　没収されたのって、婚約関係の書類の同意書じゃなかったの？

頭に疑問符ばかり浮かべている僕らに、姫路さんが更に説明してくれる。

「前に、翔子ちゃんが嬉しそうにお話ししてくれました。翔子ちゃんが大勢の前で夢を笑われた後で、坂本君が『俺はお前の夢を笑わない』って言いながらプレゼントしてくれた、大切な思い出のヴェールだって」

「あ。それ、ウチも聞いたわ。お泊り会をやった時に幸せそうに言ってたの、凄く印象的だったもの。そっか……。あれ、没収されちゃったんだ……。それはショックよね……」

隣で美波が同情するように目を伏せる。

「「…………」」

姫路さんから明かされた真実に、僕と雄二は言葉を失っていた。

小さな頃からの、霧島さんのたった一つの大切な夢。それを大勢の人の前で笑われてしまって、彼女は凄く傷ついてしまっただろう。でも、

「『俺はお前の夢を笑わない』ね……」

雄二がそんなことを言ってあげていたのなら、きっとそれは彼女にとって大事な思い

出になっているはず。他の誰でもない、自分の好きな人が、自分の夢を認めてくれているという、大切な思い出に。

「だから、その思い出のヴェールを、坂本君が『つまらない物』なんて言うのは酷いと思ったんです」

だからこそ、雄二のあの台詞は彼女にとってショックだったのか。よりによって雄二本人に、思い出の品が馬鹿にされて、『笑わない』と言われていたはずの大切な夢が笑われたように思えて。

「翔子ちゃんなら、先生に事情をお話ししたら返して貰えたかもしれないのに……」

「きっと、もう誰にも笑われたくなかったんでしょうね……」

姫路さんと美波が同情したように目を伏せる。先生たちなら、きっと霧島さんの話を聞いても笑わない。そんなことは頭では理解できる。理解できるけど——それでも、万が一の可能性が怖かったんだろう。

そんな彼女に、雄二が言った台詞を思い出す。

あんなもん。

つまらない物。

俺が代わりに捨ててやる。

小さな頃からの夢を大事にし続ける彼女にとって、それはどれだけ残酷な言葉に聞こえただろう。

「……雄二……。なんてバカなことを……」

自分の事じゃないとは言え、思わず顔を覆いたくなる。どうりで姫路さんが霧島さんの味方をするわけだ。

「坂本君……。もしかして、自分で翔子ちゃんに渡したのに、没収された物を知らなかったんですか……？」

「…………知らなかった」

力なく雄二が首肯《しゅこう》する。

要するに、雄二の勘違いだったってことか。霧島さんは雄二が渡してきたのだから、てっきり雄二は中身が何かを知っているものだと思っていた。だからこそ、その雄二に『つまらない物』呼ばわりされたのが許せなかったのだろう。

「…………」

こうなると、話は全然違ってくる。

勘違いなんだから、どちらが悪いとまでは言わない。でも、どちらに同情するか、と言われたらこの事情だと間違いなく霧島さんだ。知らなかったとは言え、それだけのことを雄二はやってしまっている。それがわかっているからこそ、雄二自身もこうやって真実を知って呆けているのだろう。

茫然自失《ぼうぜんじしつ》の雄二の目を覚まさせるように、はっきりとした声で問いかける。

「さて雄二、どうしようか。このままだと没収品は返して貰えないよ？」

このまま試合に負けたら、没収品は返して貰えない。それが自分のお宝でも、誰かの大事な物でも。

「どうするもこうするも……。きっちり守って、点数を取って勝つだけだ」

とか言いつつ、肝心《かんじん》の具体的な作戦が出てこない。さては、全然頭が回ってないな？

「そうは言うが雄二よ。次は４番の鉄人からじゃぞ？　いくらなんでも、無策《むさく》で挑んで無事で済むとは思えん」

さっきまで黙っていた秀吉が会話に加わる。秀吉の言う通り、次の回の向こうの打順は鉄人からで、しかも二巡目だ。さっきまでと同じやり方だと確実に点を取られる。流石にもう向こうのミスには期待できないだろう。

横目で雄二を見やる。雄二のバカは、いまいち機能していない頭をフルに回転させて、なんとか次の回を乗り切る方法を模索《もさく》していた。

――今までに見たことがないほどの、真剣な顔で。

「…………」

いつもの余裕綽々《しゃくしゃく》な態度は鳴りを潜め、必死に考えを巡らせている雄二。

まったく、コイツは。そんな顔をされたら……手を貸すしかないじゃないか。

「雄二」

「……なんだ、明久」

雄二が顔を上げる。僕は雄二と自分を交互に指差して、こう告げた。

「ポジション、交代」

「「「…………はぁ？」」」

僕の台詞に、周りの皆が『コイツは何を言っているんだ？』といった顔をする。

そんな中、雄二はいち早く僕の提案の意図に気が付き、真っ直ぐに僕の目を見返してきた。

「……いけるのか？」

問いかけるというよりは、確認するような雄二の言葉。

いけるのかも何も、

「やるしかないじゃないか。この勝負、負けられないんでしょ？」

「……そうだな」

僕がそう言うと、雄二は小さく笑みを浮かべて応えた。

「どういうことじゃ明久よ。ピッチャーが雄二というのは良いのじゃが、その球を捕れるキャッチャーがおらんではないか。まさか、姫路に任せるのかの？」

「ははっ。何を言ってるのさ秀吉。姫路さんにそんなきついことをやらせるわけないじゃないか」

キャッチャーというのは色々と仕事が多い。野球がよくわからない姫路さんに任せるのは酷《こく》なポジションだろう。

「じゃが、そうなると雄二の球を捕れるのは」

「いるよ、一人。この状況でキャッチャーをできるのが」

簡単な話だ。捕り損なうと戦闘不能になるというのなら、全部完全に捕ればいい。身体の正面で、ミットの真ん中で、ダメージの無いように受けきればいい。ただそれだけのことだ。それだけの操作の技量が……僕にはある。

「来い雄二。──僕が、お前の球を全部捕ってやる！」

「言ったな明久。その台詞、後悔すんなよ。受け損なったらお前の召喚獣が消し飛ぶからな！」

四回表。１点ビハインド。まだまだ勝負はこれからだ！

☆

『プレイッ！』

試合が再開される。ピッチャーは雄二、キャッチャーは僕。迎えるバッターは4番、鉄人だ。

《ど真ん中、ストレート行くぞ》

《了解》

ピッチャーの雄二が送ってくるサインの位置に、僕がミットを構える。一球目からど真ん中。いきなり思い切りの良いコースを選んだもんだ。

雄二の召喚獣が投球モーションに入り、その一球目を力強く投げた。

ズバン！　とミットから乾いた音が鳴り響き、腕や肩に衝撃のフィードバックがやってくる。痛《つ》う――――！　あの野郎、本当にゴツい球を投げてきやがって！

『Fクラス　坂本雄二　&　Fクラス　吉井《よしい》明久
英語W《ライティング》　281点　&　75点』

真っ正面から受けたはずなのに、僕の点数が減少している。もっと身体全体を使って、ミットの真ん中で柔らかく受ける必要がある。集中だ。飛んできた球に全神経を集中させて、ダメージの無いように捕球するんだ。

『ストライクッ！』


少し遅れて審判のコール。

鉄人は雄二の球に反応できずにいた。そりゃそうだ。散々僕の弱い球を見た後での、この速球だ。いくら鉄人でも、即座に対応できなくても無理はない。

「ナイスボール」

「当然だ」

ボールを戻しつつ褒めてやると、雄二は小さく口の端をつり上げた。まったく、折角珍しく褒めてやったのに、可愛くない。

《ど真ん中　ストレート　すぐ行くぞ》

そして、雄二はボールを受け取りながらそんなアイコンタクトを送ってきた。あの野郎……っ、間髪《かんぱつ》容《い》れずに投げる気か！

慌てて召喚獣にミットを構えさせる。
雄二はボールを受け取ると、普通はサインのやり取りに費やすはずの間を持たず、いきなり腕を振り上げてボールを投げ込んで来た。
さっきと同じコースに、一瞬でボールが到達する。またしても僕の身体にフィードバックが走った。

『ス……、ストライィッ！』

受けたボールを投げ返し、雄二に視線を送る。
《危ないじゃないか！　僕が捕りこぼしたらどうする気だよ！》
なんとか捕れたものの、今のはかなり危うかった。下手《へた》をしたら、それだけで僕の召喚獣が戦闘不能になるほどに。
だというのに、
《ぬるいことを言うな。俺の球、全部捕るんだろ？》
雄二は視線でそう応えた。
……っの野郎……！　上等だ！　点数では負けていても、召喚獣の扱いでは僕の方が格段に上だってことを見せてやる！

そんな僕の考えが伝わったのか、雄二は特に返事を求めず、黙ってボールを握り直した。

今度のコースは――コイツの考えることだ。目を見るまでもなくわかる。

「さて、先生方。手前勝手で悪いが……こっちも色々と事情が変わっちまったんだ」

雄二の召喚獣が三球目を振りかぶる。

直後、ストライクゾーンど真ん中に構えたミットの中に、最高速度のストレートが突き刺さった。完全に捕ったはずなのに、フィードバックで手がジンジンと痺れていた。

『ストライク、バッターアウッ！』

これで三球三振。まずはアウトカウント一つ頂きだ。

「――これ以上は、1点たりとも取らせねぇ」

ここからが僕らの真骨頂《しんこっちょう》。はっきり言って、打たれる気がしない！

YUUJI SAKAMOTO

バカテスト
国語

# 【第八問】

次の文章を読み、傍線部の理由として誤っているものを選びなさい。


若くして夫婦になったジムとデラは、貧しくも互いを愛して暮らしていました。

ジムの宝物は代々伝わる金の時計、デラの宝物はその美しい髪の毛でした。

クリスマスの前日、デラは愛する夫にプレゼントを買う為、自慢の美しい髪を切ってかつら屋に売ってしまいます。

そしてそのお金で、ジムの金の時計につけるプラチナの鎖を買ったのでした。

ジムは家に帰ると、デラの姿を見て……怒りでも、驚きでも、不満でも、恐怖でもない、複雑な表情をしました。

ジムがデラに用意したプレゼントは、デラがあこがれていた、美しいくしだったのです。

（ア）買ってきたプレゼントがデラにとって必要のないものになってしまったから
（イ）デラが自分を想っていてくれたことが嬉しいから
（ウ）美しいデラが髪を失ってみすぼらしい姿になり、がっかりしたから
（エ）デラからのプレゼントをつけるはずの時計を売ってしまっていたから

**霧島翔子の答え**

ウ

**教師のコメント**

正解です。これはクリスマスにまつわる有名な話の一つですね。お互いに買ってきた物は役に立たなくなってしまったけれども、相手を思う気持ちが伝わってくるという心温まるお話です。是非とも皆さんには将来そういった家庭を築いて欲しいと思います。

**工藤愛子の答え**

[ウ] ※ショートヘアだって可愛いですよ！

**教師のコメント**

正解ですが、どこか求めている答えと違う気がします。
ともあれ《誤っているものの選択》という問題に対しては
《ウ》という回答なので、一応正解です。

**須川亮の答え**

## [ク]クリスマスはキリストの生誕を祝う日であり、男女が乳繰り合っとること自体が間違っとるんじゃぁーーっ!!

**教師のコメント**

選択肢に《ク》はありません。

《参考文献》『賢者のおくりもの』　オー・ヘンリー　矢川澄子訳　冨山房

FFF

「おっしゃテメェら！　こっちの攻撃はあと二回！　きっちり点数もぎ取って、俺らのお宝を奪い返すぞ！」

「「「おうっ!!」」」

「向こうにゃ点数は負けてるが、運動能力じゃ決して負けてねぇ！　若さってもんを見せてやれ！」

「「「おうっ!!」」」

「ここから先、俺は全力を出す！　だから……お前らも協力してくれ！　没収された、大事な物を取り戻す為に！　合い言葉は──」

「「「Get《ゲット》 back《バック》 ERO-《エロ》 BOOK《ブック》!!」」」

「反撃、行くぞお前ら！」

「「「っしゃぁ──っ!!」」」

いつもの雄二《ゆうじ》の鼓舞《こぶ》に、否《いや》が応にも力が入る。雄二のヤツ、やるべきことがはっきりして、やっと調子が出てきたみたいだ。

「近藤《こんどう》、横溝《よこみぞ》、秀吉《ひでよし》！」

雄二が1番、2番、3番打者の名前を呼ぶ。呼ばれた三人は、それぞれ雄二の前に集まった。

「作戦だ。いいか？　どうせこのまままともに向こうとやりあったところで勝ち目はねぇ。偶然でフォアボールやポテンヒットが出たとしても、点数を入れる程には続けられないだろうからな」

さっきの守備はうまくいったけど、攻撃に関してはまだ厳しい状況にある。雄二の言う通り、偶然で出塁《しゅつるい》できたとしても、点数を取るには至らないだろう。

「だから、その後の例の作戦に全てを賭ける。お前らは、なんとか時間を稼《かせ》いでくれ」

「うむ。了解じゃ」

「エロほ――参考書の為だ。時間稼ぎくらいいくらでもやってやるさ」

「その代わり、次の回はしくじんなよ」

三人は首を縦に振り、快く作戦を承諾してくれた。折角《せっかく》の出番で活躍だってしたいだろうに、それでも時間稼ぎを引き受けてくれるあたり、Ｆクラスのメンバーなんだなぁとつくづく実感する。

『エロ本、エロ本、エロ本……』

『抱き枕、水着写真、シャワーカーテン……』

……本当、Ｆクラスのメンバーだなぁ……。

『プレイッ！』

バッターボックスに入るまでの時間を反則にならない程度に引き延ばし、1番打者の近藤君が召喚獣《しょうかんじゅう》に構えを取らせる。バットを短く持って、カットを続けて時間を稼いでくれるみたいだ。

「雄二、仕込みの方は？」

「バッチリだ。クラスの連中にもちゃんと指示は出してある。あとは、時機がくるのを待つだけだ」

「そっか。じゃあ、三人にはうまくやってもらわないとね」

「ああ」

雄二と話をしながら、祈るように試合を見守る。相手はあの教師チームだ。時間稼ぎですらうまくいくかどうかはわからない。

『ストライッ！　バッターアウト！』

『ぐ……！』

気が付けば近藤君は追い込まれ、なんとか食い下がるも、敢《あ》えなく三振に終わってしまっていた。

続く横溝君もカウントをフルに使って粘りに粘るけど、絶妙なコースに剛速球を叩き込まれて凡退。残るバッターは秀吉一人となった。

待っているチャンスは、未だに来ない。

「そろそろ、来てもいいと思うんだけど……」

「あと少しだ。あと少しで始まる。頑張ってくれ秀吉……！」


『ファール！』


話している間にも試合は続いていく。コンパクトにバットを振り続ける秀吉は、教師チームの剛速球《ごうそっきゅう》に必死で食らいついていた。

校舎に掲げられている時計が、午後2時28分を指している。秒針がないせいか、その時間の進みはやたらとゆっくりに感じられた。

「くそっ。向こうもフォアボールくらい出してくれたら良いものを……！」

「相当慎重に投げてるよね。先生の性格かな」

この回のピッチャーを務めているのは、英語W《ライティング》の山田《やまだ》先生。こちらが反応できないような剛速球は投げてこないけど、代わりにコントロールがかなり良い。これはフォアボールは期待できなさそうだ。

「打っていけないかな？」

「無理だ。打っても球は飛ばないだろうし、ショートとセカンドはあの寺井《てらい》と大島《おおしま》だ」

若くて野球経験者の寺井先生と、体育教師の大島先生。そこを僕らの力で打った球が抜けるのは至難《しなん》の業《わざ》だろう。フォアボールも出ないし、やっぱり秀吉に頑張ってもらうしかないのか……。

『ファール』

何球目かのファールが宣告される。カウントは２－１。向こうはボール球を投げてくる余裕があるのに対して、こちらはもう一球たりともミスはできない。流石《さすが》にこう何度も先生の球を相手にカットを続けていると、秀吉の集中力も切れてくるだろう。

「まだか、まだか……」

「あと少しのはずなんだ。頼む、秀吉……！」

ジリジリと、背中のあたりに這《は》い寄《よ》る焦《あせ》りのような感覚。見ている僕らには祈ることくらいしかできない。

カキン

『ファール』

ボールが投げ込まれる度に、背中に冷たい汗が流れる。もういつ秀吉が打ち取られても不思議はない。

手に汗を握り、身体をベンチから乗り出し、時機の到来を心待ちにしていると――

「…………来た」

不意に、ムッツリーニが小さな声で呟《つぶや》いた。

「っ!!」

雄二が弾《はじ》かれたように振り返り、校舎に取り付けられたスピーカーを見る。

『――ジジ……ジ……』

そのスピーカーが、そんなノイズ混じりの音を吐き出した。

「来たかっ！」

雄二が嬉《うれ》しげに声をあげる。

そして一瞬遅れて、アナウンスが響き渡った。

『──これより、中央グラウンドにて、借り物競走が始まります。出場選手の皆さんは、所定の場所に──』

「「「来たぁっ!!」」」


クラスの皆の声が重なる。

その直後、秀吉が打ち上げた球が捕球されて、ついにアウトになった。これでチェンジ。チェンジだけど……目的は果たせた!

「やれやれ……。どうやらうまくいったようじゃの……」

「ああ!　よくやってくれた秀吉!　近藤!　横溝!」

戻ってきた秀吉の肩をバンバンと叩いて雄二が喜ぶ。この瞬間を待っていた!

『?　彼らはどうしたのでしょうか?　アウトになったのに、何か良いことでも?』

『さて。どうなんでしょうか』

『あの連中のことです。また何か企《たくら》んでいるのでしょう』

先生方が訝《いぶか》しげに僕らを見ている。確かに僕らの四回の攻撃は終わった。けど、これらは全て次の回の為の伏線《ふくせん》だ。狙い澄ました最終回。そこの攻撃で、勝利をもぎ取る！

「吉井《よしい》、坂本《さかもと》。何を喜んでいるのか知らんが、守備につく用意をしろ」

はしゃいでいる僕たちのところに来て、準備を促す鉄人《てつじん》。

「わかってます。けど、ちょっと待って下さい」

「？　何を待てと？」

「今にわかりますよ。そろそろ来ますから」

何のことだかわからない様子の鉄人に笑ってみせる。そして辺りを見回すと――遠くから駆けてくる人影が見えた。来たっ。我らがFクラスのクラスメイトたちだ！

「なんだアイツらは。あんなに急いで――」

鉄人がこちらに走ってくる生徒三人を見つけて疑問符《ぎもんふ》を浮かべている。そんな中、クラスメイトたちは野球場にいる立ち会いの先生に大声で叫んだ。

『遠藤《えんどう》先生！　借り物競走です！　すいませんが一緒に来て下さいっ！』

『えっ？　でも私、今からここでリーディングの立ち会いを』

『いいから来て下さい！』

『でも――』

『なんと言おうとダメですよ！　今日は、野球よりも体育祭が優先されるんですから！』

『『『――っ⁉』』』

先生方が目を見張ったのがわかった。そう。ルールで事前に決めてある。野球はあくまでも交流が目的。優先されるべきは体育祭の本種目、と。

『あ、えっと……すいませんっ。そういうわけで、ちょっと行ってきますっ！』

『先生、急いで！』

立ち会いの遠藤先生が手を引かれ、グラウンドから去っていった。

「それなら仕方がない。ベンチで待機している先生の科目で代わりを――」

『船越《ふなこし》先生！　来て下さい！』

『竹中《たけなか》先生、お願いします！』

ベンチの二人にも声がかかる。頼んでいるのは、やっぱりFクラスのメンバー。これで手空《てす》きの先生はいなくなった。

「坂本。これは貴様の作戦か」

「さて。どうでしょうね？」

「とぼけるな。さっきからここに来ている生徒は全員Fクラスの人間だろうが」

「はは。偶然じゃないですか？」

勿論《もちろん》、偶然なわけがない。教師チームのオーダーが判明した時に、雄二がクラスの仲間に頼んでおいて、先生を借り出してもらったのだから。多分、彼らが握っている借りてくる物が書かれた紙には、まったく違った内容が書かれていることだろう。

「これで立ち会いの先生はいなくなったな、鉄人」

「ならば仕方ない。さっきの回の立ち会いの先生にまた頼んで」

「おっと。それはルール違反だ。事前に決めただろう？　〝同じ科目は二度使わない〟と」

「ならばどうしろと言うんだ。立ち会いの教師は他にいない。試合に参加している教師は立ち会いができない。こっちのチームに八人でやれとでも言うのか？」

鉄人が僕らを交互に鋭《するど》い目で見る。僕らがこれを利用して、この勝負を無効試合に持ち込もうとしている、とでも思っているんだろうか。いやいや。そんな面倒なことをしてどうするんだ。無効になったところで、僕らには何の得もない。

「鉄じ――西村《にしむら》先生。まだ他にも勝負できる科目があるじゃないですか」

「だから何を言っているんだ吉井。さっきから立ち会いの教師がいないと」

「違いますよ。立ち会いの教師がいなくても、野球の勝負が可能な科目が残っていると言っているんです」

これが、雄二が最初に考えた作戦。体育祭のプログラムとルールを見て、僕らの勝利の為に立てた方程式。

「五回の勝負は、体育の――実技で勝負といきましょう」

テストの点数勝負じゃない。実際に僕らが身体を使う体育。これだって立派な授業科目の一つだ。野球の実技で、教師チームを打ち負かす！

「さぁ全員、グローブをつけろ！　五回の勝負はハードだぞ！」

雄二が事前に野球部から拝借《はいしゃく》しておいたグローブを指差す。

こうして、最終回。たった一回だけの、教師と生徒の野球大会が幕を開けた。

☆

「っしゃー！　しまっていくぞー！」

「「「うおぉおーっ！」」」

ピッチャーは再び僕に、キャッチャーは雄二に戻る。相手は二巡目の、７番バッターの長谷川《はせがわ》先生の登場だ。さっきまでは怖かったけど、こうなった以上は何の恐怖も感じない！

《外角《がいかく》　高め　カーブ》

雄二の指示通りにボールを投げる。草野球レベルのピッチングとは言え、運動不足の先生に打たれるほどへなちょこじゃない！

「う……」

『ストライッ！』
長谷川先生は棒立ちで見逃し。ストライクカウントが一つ増えた。
《低め　ストレート》
一つ頷《うなず》いて、真ん中の低めにストレートを投げる。またストライク。これで長谷川先生を追い詰めた。
《内角《ないかく》　低め　スローボール》
ここで雄二の意地の悪い配球。僕は小さく笑って応《こた》えると、言われた通りスローボールを投げた。

「っと、とと」

完全にタイミングを外されたスローボールに、長谷川先生が身を乗り出して空振りする。

『ストライク、アウト！』

これで一人。お次は氏家《うじいえ》先生、その次は山田先生だ。

随所《ずいしょ》にスローボールやチェンジアップを織《お》り交《ま》ぜる、意地の悪い投球で氏家先生と山田先生を打ち取る。

『バッターアウト、チェンジ！』

審判の攻守交代のコールが響き渡った。

「鉄人や大島教諭が相手ではなくて助かったの」

「そうだね」

自陣に戻りながら、近くを歩く秀吉と頷き合う。鉄人や大島先生が相手じゃなくて本当に良かった。あの二人は多分、実技でもかなりの要注意人物だから。

「本当は真っ先にあの二人を借り物競走で連れて行ってもらいたかったんだけどね」

「人の好い遠藤教諭とかならばともかく、鉄人たちを相手にそれは厳しいじゃろ」

秀吉の言うとおり、あの二人ならこっちの勢いに押されることなく、借りてくる物が書かれた紙を確認してきただろう。そんなことになったら流石《さすが》にこっちの嘘《うそ》がばれてしまう。あまり多くを望みすぎて作戦自体が失敗したんじゃや、元も子もない。ある程度の危険性は受け入れるべきだろう。

「どうにも僕たちは鉄人や大島先生に信用されていないみたいだからね」

「今までやってきたことがやってきたことじゃからな」

そんな話をしながらベンチに戻る。

しばらくして外野のメンバーも全員戻ってくると、雄二が僕らの顔を見回してから話を始めた。

「さて……。これで、残すところは俺たちの攻撃だけとなった」

現在の状況は変わらず0対1で、今は最終回。僕らに残されたのは、たった一回の攻撃チャンス。

「1点だけとって追いついてもダメだ。ここで逆転できなきゃ、俺たちは負ける。延長戦に入ったら勝ち目はねぇ」

延長戦ともなれば、借り物競走に連れ出された先生も帰ってきているだろう。そうなれば、またテストを使った勝負に逆戻り。僕らの勝利はほぼ不可能だろう。

「この一回が、俺たちの正念場だ。何が何でも2点もぎ取れ。いいか、絶対に勝つぞ」

「「「おうっ！」」」

気合は充分。勝つための糸口《いとぐち》も見えた。あとはとにかく前に進むだけだ。

と、そんな時に、

「それじゃ、ウチは土屋《つちや》に交代してもらおうかな」

「え？」

こちらの攻撃のトップバッターを務めるはずの美波《みなみ》が、突然そんなことを言い出した。

交代？　どういうことだろう。

「どしたの美波？　自信がないの？」

「そりゃまぁ、ね。いくらなんでも、ウチだって男子と同じレベルで野球なんてできないもの。体力もそうだけど、経験でも敵《かな》わないし」

「あ、そっか……。確かに女の子だと、あまり野球ってやらないもんね」

授業を抜け出してまでやっている僕らとは、野球に触れている時間に差があるのは事実だろう。体力に差があるとはあまり思わないけど……。

「そ。だから、土屋と交代。きっとウチよりうまくやってくれるだろうし、それに——」

「それに？」

「こういう時って、男の子が頑張《がんば》るから格好良《かっこうい》いんじゃない？」

そう言って、美波は楽しそうに笑った。こういった時に、美波は凄く可愛《かわい》い顔をする。僕らの前では色々やっているけど、もしかしたら内面は誰よりも女の子らしいのかもしれないなんて、そんなことをふと思った。

「…………行ってくる」

ムッツリーニがバットを担いで打席に向かった。審判《しんぱん》に交代の意志を告げ、バッターボックスに入る。


『プレイッ！』


審判が五回裏の開始を宣言した。バッターはムッツリーニ。対するピッチャーは、我らが体育教師、大島先生だ。

「鉄人はキャッチャーか……。向こうはクロスプレーを警戒してやがるな」

「まぁ、散々仕返しがどうのって騒いだからね」

僕らが打って、ホームに飛び込む時のランナーとキャッチャーの接触を恐れてのことだろう。確かに鉄人が相手なら、僕らがいくら体当たりをしたところで弾き返されて終わるだけだ。クロスプレーに勝機はない。

大島先生が一球目を振りかぶり、景気よくその腕を振り下ろす。ボールはうなりを上げ、キャッチャー目がけて飛び出した。

「…………っ！（ブンッ）」

『ストライク！』

ムッツリーニがボール一個分下で、バットを空振りする。ボールの下で振るということは、相手のボールが想像より速かったってことだろう。流石は大島先生。伊達《だて》に体育教師をやってないってことか。

「…………（スッ）」

ムッツリーニがバットを構え直す。大島先生は鉄人とサインのやり取りをすると、二球目を振りかぶった。

ストレートと大差のない速度で迫るボールが、バッターの手前で横方向へ変化する。あれは……まさかスライダー!?　生徒との交流試合程度で、なんて球を投げてくるんだ！　大人げないぞっ！

「…………っ！（ブンッ）」

『ストライッ！』

ムッツリーニが二球目も空振りに。これでツーストライク。後がなくなった。

「ナイスピッチ、大島先生」

鉄人がボールを戻し、大島先生が受け取る。ムッツリーニは大島先生の手元をしっかりと見ると、三度バットを構えた。

大島先生が三球目を投げる。今度はカーブ。いきなり三球三振か!?

『ボールッ』

審判がボールを宣告。鉄人のミットの位置を見る限り、今のはストライクを取ろうとしていたようだけど……。どうやら大島先生はコントロールはそこまで良くもないようだ。

振りかぶって四球目。今度は直球を内角に。これは……打てないか……っ！

「…………いけ……っ！」

とそこで、ムッツリーニが構えを変えた。高橋先生が一回で見せたものと同じ行動。

プッシュバントだ。

ピッチャー横を抜けて、サード前に転がるボール。サードを務めるのは長谷川先生。あの先生の運動神経が良いという話は聞いたことがない。

「っと、ととっ」

転がってきたボールを拾い上げ、ファーストに送る長谷川先生。けど、その山なりに投げられたボールが届くより早く、ムッツリーニはファーストを駆け抜けた。

『セーフ！』

「「「おおお――っ!!」」」

よし！　同点のランナーが出た。これでノーアウト一塁。次のバッターは、

「俺も土屋に続くぜ！」

異端審問会《いたんしんもんかい》を率いるカリスマ、須川《すがわ》君だ。

意気揚々《いきようよう》とバットを構え、ボールを待つ須川君。大島先生はそんな須川君に、真っ正面からストレートを投げてきた。

「……ぐ……！」

『ストライーッ！』

須川君が打席で目を丸くしている。想像以上のボールに驚いているのだろう。

そのまま立て続けに剛速球を投げられ、大きく空振りを繰り返して戻ってくる須川君。彼と入れ替わるように、今度は福村《ふくむら》君がバッターボックスに入っていった。

「……あれ、相当速いぞ。気をつけろ」

「ん。了解」

戻って来た須川君が待機している僕に言う。エロ本がかかっているだけあって、今までに見たことがないほど真面目《まじめ》な顔だった。

「く……うっ！」

福村君がバットを振り、ボールを弾き返す。――が、打球はピッチャー前に転がるだけ。球の威力に負けてしまったようだ。

すかさず大島先生がボールを拾い上げ、まずは二塁《にるい》の様子を確認する。動きの素早いムッツリーニは二塁まであと数メートルというところまで到達していた。

二塁を諦め、冷静に一塁にボールを投げる大島先生。これで福村君もアウト。状況は2アウトで、ランナーは二塁となった。

そして、この場面でバッターは僕。

「いいところで回ってきたじゃない、アキ。ここで打てばヒーローよ」

「あの、頑張って下さいね明久《あきひさ》君っ！　応援してますっ！」

女性陣二人の気合の入る応援が送られる。嬉《うれ》しいし、できることならここは活躍してみせたい。……けど、

「ありがとう。期待に応えられるかどうかはわからないけど、僕なりに頑張るよ」

とりあえずそう応えて、僕はバッターボックスに向かった。

「吉井か。面白い場面で出てきたな」

キャッチャーを務める鉄人が、打席に入った僕に話しかけてきた。

確かに面白い場面だとは、自分でも思う。

「そうですね。ここでヒットを打てたら同点。ちょっとしたヒーローですよね」

「女子の応援もあるんだ。お前はここで打ちたいだろうが――こっちも教師としてのプライドがある。そう簡単には譲《ゆず》ってやれんな」

「譲って貰えるなんて、最初っから思ってませんよ」

鉄人に答えて、僕はバットを構えた。

大島先生がセットポジションを取り、投球モーションに入る。そして一瞬後、先生の投げたボールは僕の前を通過してミットの中に収まっていた。

『ボール』

一球目はボール球。ストライクから入ってこないあたり、少しは警戒して貰っているんだろうか。

「一球目から振ってくると思ったんだがな」

「女子の前で格好つけると読んだんですか？」

「まぁ、そんなところだ」

鉄人が大島先生にボールを戻す。僕は足元を軽く均《なら》すと、再びバットを構えた。

大島先生が二塁のムッツリーニを確認してから、再びボールを投げる。今度は速球で、ストライクゾーンの低めだ。

『ストライッ！』

黙ってボールを見逃す僕。鉄人はそんな僕を見て、少し違和感を覚えたみたいだった。何かを企んでいるようにでも見えたのだろうか。

鉄人のサインとミット位置を確認し、三球目を構える大島先生。

『ボール』

その三球目にも、僕はバットを振らなかった。今度はまたストライクゾーンの外。警戒心の現れだろう。

「どうした吉井？　打たんのか？」

「はい。えっと……色々と、作戦があるんです」

更に警戒してくれるように、と軽口を叩いてみる。

僕の台詞《せりふ》をどう思ったのかはわからない。ただ、鉄人が静かにミットの位置を動かす気配が伝わってきた。

『ボール』

またしてもボール。これでカウントは1ストライク、3ボール。向こうは勝負をしてくるしかなくなった。

「…………」

鉄人が五球目の為にミットを構える。僕は黙ってバットを握り直し、大島先生の投球を待った。

ストライクゾーンの真ん中目がけてボールが飛んでくる。コントロールを重視した球なのか、先の四球ほどの球威《きゅうい》は感じられない。変化球でもなさそうだし、これは打ち頃だ。二回に一回はヒットにできる自信がある。けど……

『ストライッ！』

やっぱり僕はバットを振らなかった。二回に一回打てるということは、二回に一回は打てない、ということでもあるのだから。

「いいのか吉井。同点タイムリーのヒーローにならなくて」

「いや。確実になれるのならなりたいですよ。僕だって」

流石に今の球を見逃した僕を不思議に思ったようで、鉄人がまた話しかけてきた。僕がヒットを狙っているようには見えなかったのだろう。まぁ、あの球に手を出そうとしなかったのだから当然だけど。

バットを短く構えると、間を置いて六球目が飛んできた。先の球と同じくコントロール重視で、今度もストライクゾーンの中。これは流石に見逃せない。

カキン、と僕の振ったバットが音をたて、ボールは一塁線の脇へと転がっていった。

『ファール！』

カウントは2ストライク、3ボール。

「……フォアボール狙いか。随分と消極的だな」

「あ、いえ。そんなワケじゃ――」

「ふん。誤魔化《ごまか》すな。流石にそんなスイングを見せられたらバカでもわかる」

今の僕のスイングを見て、鉄人が呟いた。鉄人の言うとおり、実は僕の狙いはフォアボール。あと一球のボール球が来るまで、僕はバットに当ててるだけのスイングを続けるつもりだ。

「折角のチャンスだというのに、勿体《もったい》ない真似を」

「それは、まぁ……。僕もそう思うんですけ――どっ」

カキンッ

『ファール！』

七球目もファール。大島先生もそろそろ苛立《いらだ》ってくる頃だろう。

「でも、ここは折角なので、今までの借りをちょっと返しておこうと思ったんです」

「借り？　どういうことだ？」

カキンッ

『ファール！』

「えっと……。なんていうか、僕だったら凄く悔《くや》しいと思うんです。大切な物が懸《か》かった大事な勝負なのに、自分が何もできずに終わるっていうのは」

「？　何を言っているんだ？」

「自分の譲れないものを、他人に任せることのやるせなさというか、憤《いきどお》りというか、納得のいかない感じというか……」

「……お前が何を言いたいのか、俺にはいまいち理解できん」

カキンッ

『ファール！』

打球が脇に逸《そ》れ、草むらに飛び込む。

僕はまたバットを構え、相手の投球に合わせられるように目を凝らした。

「うまく言えないんですけど、要するに――」

「要するに、何だと言うんだ」

白球《はっきゅう》が外角に向かって飛んでくる。

僕はそのボールには手を出さず、代わりに鉄人の疑問に答えを返した。

「――今日の主役は、僕じゃないってことです」


『ボール。フォアボール！』


ついに大島先生の集中力が切れ、コントロールが乱《みだ》れた。これで僕は一塁へと行くことができる。

「それより、先生こそいいんですか？」

「なんだ」

「勝負に徹するのなら、僕と雄二を敬遠して姫路《ひめじ》さんを狙うべきだと思いますけど」

さっきは僕と真っ向勝負をしてきた。あの様子だと、雄二とも勝負をしてくるだろう。危なげなく勝ちたいのなら、その後にいる姫路さんを狙うべきなのに。

僕がそう尋ねると、鉄人は一瞬間を置いて、それから口を大きく開けて豪快《ごうかい》に笑った。

「バカを言うな吉井。いいか？」

鉄人が僕に指を突き付けて、はっきりと告げる。

「俺たち教師は、お前たちに模範《もはん》を示すべき存在だ。それなのに、向かってくる生徒を正面から受け止めもせずに、何を教えられると言うんだ？」

そう言われて、僕は少し言葉を失った。この先生がいつも体罰《たいばつ》を行っているのに、どうして皆が教育委員会に訴えたりしないのか、少しだけその理由がわかった気がする。

そのまま会話を打ち切り、次のバッターの雄二のところに向かう僕。雄二はじっと僕のことを見ていた。

「さて雄二。これで前の肝試《きもだめ》しの借りは返したよ？」

「……ほざけ。お前への貸しが、あれ一つだけだと思うなよ」

僕が使っていた金属バットを渡すと、雄二はしっかりとそれを受け取った。さぁ、僕は一塁上の走者だ。これで雄二に勝負を託《たく》すしかなくなった。

「それじゃ、あとは任せた」

「わかっている。必ず打つ」

力強い返事に一つ頷いて、僕は一塁へと向かった。

打席では雄二がどっしりとバットを構えて、相手の投球を待っている。

１点を追う僕たちＦクラス。カウントは２アウトで、ランナーは一・二塁だ。長打を打てたら僕らの逆転サヨナラ勝利。シングル以下なら、同点になれたとしても延長戦で負けは確実。なんともわかりやすい勝負になった。
　全身を緊張させ、ピッチャーとバッターの勝負を見守る。打った瞬間に全力疾走だ。僕がホームに還《かえ》れば、この勝負は僕らの勝ちとなるのだから。
　大島先生が一・二塁上の走者を見回し、ゆっくりと投球を始める。
　一球目が、大島先生の手から離れた。

『——ト——ライッ！』

　ストライクの宣告が高らかに響く。ここから見ても、かなりの球速だ。さっきの僕はフルカウントっていう助けがあったからまだ見えたけど、そのハンデがない大島先生の球はかなりのものだ。ムッツリーニが咄嗟《とっさ》にバントへシフトしたのも頷ける。
　鉄人が返球し、大島先生がそれを受け取る。それからサインのやり取りをして、再び投球に入った。

『ボールッ』

　今度は低めに外れたボール。雄二は手を出すことなく見送って、カウントは１－１となった。

誰もが固唾《かたず》を呑《の》んで見守る三球目。

大島先生が右手をシャツに当てて、手の汗を拭う。

雄二が後ろ足に体重を乗せ、一気に爆発させられるように溜《た》めを作る。

そして、大島先生が大きく身体を乗り出して、腕を振り抜いた。

唸《うな》りを上げてバッターに迫る速球。

軸足《じくあし》に体重を移し、身体全体でバットを振る雄二。

——キィンッ

快音がグラウンドに響いた。

「「——————っ!!」」


その瞬間、僕とムッツリーニが全力で次の塁を目指して疾駆《しっく》する。

打球の行方は——センター前。深く守っていたセンターが、バウンドするボールを追って前に出た。

二塁上にいたムッツリーニが三塁を蹴《け》り、ホームへ向かう。僕は二塁を蹴って三塁へ向かう。

背中の方で、センターを守る先生がボールを拾う気配がした。

「大島先生っ！」

聞こえてくる若い先生の声。ボールを拾った寺井先生は、中継に入った大島先生にボールを託したようだ。

その間に、ムッツリーニがホームベースを踏む。これで1対1。同点！

そして大島先生がボールを受け取り、ホームベースを守る鉄人の元に投げようとしたところで、僕は三塁に到達した。

三塁のコーチャーが『止まれ』の指示を出す。

もっともな指示だ。このままじゃ、間に合わない。間に合わないけど——


『『吉井っ⁉』』


僕は三塁ベースを蹴ってホームを目指した。やっとここまで来たんだ！　絶対に還って見せる！

必死にグラウンドを走り、ゴールを目指す。ホームベースまであと五メートル。

そこで、鉄人がボールを受け取った。ベースに飛び込もうとする僕を前に、向こうはブロックの体勢。これはクロスプレイになる。体当たりで鉄人がボールを溢《こぼ》せば僕の勝

ち、完全にブロックしたら鉄人の勝ちだ。

「っっっ!!」

歯を食いしばり、姿勢を低くし、前のめりになって衝突《しょうとつ》に備える。鉄人も同じように、衝突に負けないように体重を前にかけようとした。

その時。

「――――っ!」

僕は身体を横にずらし、回り込むように鉄人の前から姿を消した。

「っ!? く――っ!」

衝突に備えて体重を前に残した鉄人は、咄嗟には僕のその動きについていけない。動きが遅れたその一瞬で、僕は身体を前に投げ出して、必死に腕をホームベースに伸ばした。

土煙が上がり、居合わせた全員が息を呑む。

そして、審判はこの試合の結果を、高らかに告げた。

『――――セ――フ!』

「「「ぃよっしゃぁあああーっ!!!」」」

Ｆクラスベンチが全員立ち上がって鬨《とき》の声を上げた。

「……やってくれたな、吉井」

パンパン、と服についた土を落としながら鉄人が言う。

「行けると思ったもんで」

「行ける？　この俺を相手に、か？」

「いえ。西村先生が相手だったからです。だって先生、さっき言ってたじゃないですか」

からかうように、口まねをして言ってやる。

「〝教師は生徒を正面から受け止める〟って」

鉄人の性格だからこそ、僕は行けると思った。正面から受け止めるという実直な相手だからこそ、回り込みが成功するって。

僕がそう言うと、鉄人は目を丸くしてから、楽しげに告げた。

「なるほどな。そういうことなら、今度はお前に対しては接し方を変えていくとしよう」

『二年Ｆクラスチーム対、教師チーム。２対１で二－Ｆの勝利です！』

『『ありがとうございましたっ!!！』』

こうして、僕らの野球大会は幕を閉じた。

覚えよう！野球のルール！

# 【最終問題】

「高橋先生。頼まれていた資料を持ってきました」

「ありがとうございます姫路さん」

「いいえ。えっと、ここに置いておきますね」

《大日本高校、1点を追う状況でバッターは山根。ここまでの打率は――》

「？　高校野球のラジオですか？」

「はい。どうにも私は野球に疎いようなので、勉強も兼ねて聴いていました」

「勉強ですか。高橋先生は勤勉ですね」

「わからないことは勉強しておく必要がありますから」

「そうですよね。私も頑張らないと……」

「では一緒に頑張りましょう」

「あ。わからないことと言えば。野球に関係あるかどうかはわからないんですけど……」

「なんでしょうか」

「先生はスクイズって何のことだかご存知ないですか？　ここに来る前に、明久君と坂

TETSUJIN

本君がそんな話をしていたのが気になって。自分で調べたら良いのですけど……」

「いえ。気になったことを忘れないうちに確認するのも大事なことです」

「ありがとうございます」

「そうですね。スクイズ、ですか……」

※スクイズとは
野球で三塁走者と打者が示し合わせて、打者がバントをすることで走者を本塁に迎える連携プレーのこと

「あまり私も詳しくはありませんが……。響きから察するに――『スクール水着』の略称か何かだと思います」
「あ、なるほど。そうなんですか。ありがとうございます」
《大日本高校、ここはきっちりスクイズを決めてきましたね》
《そうですね。7番・山根権三郎くん、見事なスクイズでした》
「「…………」」
「先生。高校野球って、スクール水着を着てやるものなんですか？」
「もしかしたら、暑さの厳しい地域の風習なのかもしれません」

『――体育祭総合優勝、三－D。代表は前へ』

『はいっ』

野球大会を終えて、最終種目のクラス対抗リレーの後は閉会式。僕らはグラウンドに整列して、優勝クラスたちの表彰を見守っていた。

ちなみに僕ら二－Fの順位は学年で四位で、全体では十三位。途中まではそれなりだったんだけど、借り物競走での無得点が響いてこの結果となった。これは勉強以外でしか活躍の場がない僕らには、あまり好ましい結果じゃない。けど、

『――生徒・教師交流召喚獣《しょうかんじゅう》野球。優勝、二－F』

(これで俺たちのお宝は返ってくるんだよな！)

(学園長のお言葉だからな！　間違いねぇだろ！)

それでもクラスの皆は小声ながらも嬉《うれ》しそうに騒いでいた。勿論《もちろん》、僕だって嬉しい。体育祭の順位は下の方でも……これで、これで奪われたと思っていたエロほ――もとい、参考書が返ってくるのだから！　嬉しくないわけがない！

『――それでは、これにて文月《ふみづき》学園体育祭を終了します』

各競技の優勝クラス発表と学園長のありがたいお話も終わり、これで体育祭の全プログラムは終了。他のクラスの生徒たちが帰宅の途につく中、僕らは早速担任の鉄人《てつじん》のところへと集まった。

『さぁ、俺たちのお宝を返して貰おうか！』

『俺のＤＶＤ！　俺の写真集！　俺の抱き枕！』

『俺の聖典《エロ本》！　俺の宝物《エロ本》！　俺の参考書《エロ本》！』

口々に没収品の返還を要求するクラスメイトたち。鉄人はそんな僕らを見ながら溜息を吐《つ》いて、

「……まぁ、約束は約束だ。没収品は返還しよう」

と仕方なさそうに言った。

『『『よっしゃあー！』』』

「では、この紙に没収された品と、名前を書いて提出しろ。一両日中には返還する」

『『『はーい』』』

こういう時だけ返事の良いクラスの皆が、こぞって鉄人の渡した紙に没収された物の

名称と、自分の名前を書いていく。きっと雄二《ゆうじ》はこの紙に、あの粗野《そや》な外観には全然似合わない、ウェディング用品の一つの名前を書くのだろう。霧島《きりしま》さんに渡す為に。


『エロ本エロ本エロ本……』

『写真集写真集写真集……』

『抱き枕抱き枕抱き枕……』


そこら中から欲望に塗《まみ》れた呟《つぶや》きが聞こえてくる。

……どうでもいいけど、『Hなお姉さんが、ピーしてズギューンしてあげちゃう☆』とかいうタイトルを平然と書いている人が大勢いるクラスって、世間一般から見たらどう映るんだろう……？

和気藹々《わきあいあい》と勝利の味を噛《か》み締《し》めつつ用紙を提出する。鉄人は呆《あき》れ返《かえ》りながらそれを束ねて袋に入れ、小脇《こわき》に抱えこんだ。

「……さて。それではここに書かれた没収品は、後日きちんと郵送する」

鉄人のそんな言葉に、一瞬頭が回らなくなった。

え……？　郵……送……？

「宛名《あてな》はお前たちの保護者になる。全員、到着を楽しみにしているんだな」

郵送。保護者。そ、それって……

『『はぁああっ!?』』

それって姉さん宛てに僕のエロ本が届くってこと!?　な、なんてことをしてくれるんだこの悪魔！　鬼！　鉄人！

「良かったなお前ら。海外からのゲストも大満足だったようで、学園長は機嫌良く返還を快諾《かいだく》してくれたぞ」

全然良くない！　機嫌が良いのなら素直に返せっ！

「それと、学園長からの伝言だ。『学園としては返還してやるけど、子供として持っていて良いものかどうかの判断は、アンタらの保護者に一任する』とのことだ」

『『『あ、あのババァ――――っ!!』』』

畜生！　これなら返って来ない方がマシだ！　見つかって怒られた挙句《あげく》捨てられるなんて、むしろ刑罰《けいばつ》が増えているじゃないか！

「はぅ……。まずいです……。このままだと、お母さんに抱き枕が見つかっちゃいます……」

「ウチも、どうしよう……。抱き枕じゃなくてサンドバッグだって言えば、なんとかなるかな……」

『サンド……？　そうですか……。美波ちゃんも三度目ですか……。実は私も、これで見つかるのは三度目なんです……』

『待って瑞希。勝手にウチまでそっちの世界に引きずり込まないで』

姫路《ひめじ》さんと美波《みなみ》も沈んだ顔をしている。どうやらあの二人も、あまり両親に見られたくない物を没収されていたようだ。抱き枕とか言ってたし。

「それでは、ＨＲ《ホームルーム》を終了する。各自、寄り道などせず真っ直ぐに帰るように」

『『『あっ』』』

僕らが詰め寄るよりも先に、さっさと鉄人は校舎へと歩き去って行った。

うぅ……。仕方がない……。こうなったら……。

「皆、やっぱりまた職員室を襲おう。僕らの生きる道は、それしかない」

「いいことを言ったな吉井《よしい》。俺もそう考えていたところだ」

「実は俺もだ。気が合うな」

僕らは輝かしい明日を得るため、またしても頭を寄せ合うのだった。

☆

『――ということです。坂本《さかもと》君は誤解しちゃってただけみたいなんです』

『……うん。教えてくれてありがとう、瑞希《みずき》』

『いえ。これくらいは別に』

『……ううん。助かった。雄二はきっと、私に何も説明してくれないだろうから』

『そうですね。言い訳をしないというのは、坂本君らしいと言えば坂本君らしいのかもしれませんけど……』

『……そういうところ、雄二は不器用《ぶきよう》だから』

『他のことはあんなに気が回るのに、変わってますね』

『……うん』

『それじゃあ翔子《しようこ》ちゃん。説明はしてくれなくても、きっと坂本君は謝《あやま》りに来てくれるでしょうから、そうしたら』

『……うん。私も雄二に謝――』

『いいえ、違います。翔子ちゃんが謝るのは最後です』

『……？　どうして？』

『いいですか？　翔子ちゃんは最初は事情を何も知らないフリをして――』

『……うん』

『お詫《わ》びの印《しるし》に、キスでもせがんじゃいましょう』

『ふぇっ』

『？　どうしました、翔子ちゃん？』

『……なんでもない』

『そうですか』

『……なんという、策士《さくし》……』

『そんなことないですよ。これくらい、普通です』

『……じゃあ、瑞希もそのうち吉井に？』

『…………………』

『……瑞希？』

『いえ。それは、その……。第三者の立場だからこそできるアドバイスと言いますか、自分の時は頭が真っ白になっちゃって何も言えないと言いますか……』

『……瑞希らしい』

『わ、私のことはいいんですっ。それより、折角のチャンスなんですから、翔子ちゃんこそ頑張《がんば》らないと！』

『……うん。頑張っちぇみる』

『翔子ちゃん……。緊張、してませんか？』

『……少し』

# あとがき

井上堅二《いのうえけんじ》

本作を手に取って頂き、誠にありがとうございます。小説担当の井上堅二です。

なんと、このシリーズもこれでついに九冊目！　いよいよ次で大台に乗ることになります。皆様の応援のおかげで、こんなにもこのおバカな話を続けることができています。毎度の定例句で恐縮ですが、読者の皆様に心より御礼申し上げます。

さて。前回と違い、今回のあとがきは八ページも頂けました。そこで、今回は皆様から頂いているお手紙やハガキやメールの一部をご紹介させて頂きたいと思います。本当は皆様にきちんとお返事ができると良いのですが……。

それでは、最初にご紹介するのはこういった内容のお手紙です。


『ムッツリーニが大好きです！　是非彼を工藤《くどう》さんとくっつけてあげて下さい！』

『いつ愛子《あいこ》ちゃんとムッツリーニはくっつくのですか？』

『ムッツリーニの大ファンです！　愛子ちゃんはムッツリーニ君なんて好きじゃないよ、って言っていたし、それなら私に似た感じの新キャラを提案しますので、彼とくっつけてあげて下さい！』

などなど。可愛いイラストまで描いて下さった方もいらっしゃって、とても嬉《うれ》しいです。新キャラ、出してあげられなくてごめんなさい……。

ムッツリーニ好きの方にはどうやら派閥《はばつ》があるようで、『愛子とくっつくのが楽しみ』派と、『誰ともくっつけないで』派に分かれているようです。わかりました。それでは中間を取って『実はムッツリーニは女の子だった』という新説を提案しましょう。これでもう誰とくっつくとかくっつかないとか、そういう次元の問題ではなくなって万事解決ということに――いいえ違います。ムッツリーニの女子人気に嫉妬《しっと》しているわけではありません。これはあくまでも両派閥に対して公平な扱いをするためのやむを得ない措置です。疑わしいと仰《おっしゃ》るのであれば、異端審問会《いたんしんもんかい》の裁判で須川《すがわ》会長に尋《たず》ねてみましょう。恐らく彼は僕の正当性を認めてくれるはずです。

なんていう冗談はさておき、『○○は△△とくっつきますか？』という質問は結構多かったりします。これについては、現時点では僕もどうなるのかよくわかっていません。本当に、どうなるのでしょう……？　中には『常夏《とこなつ》コンビを井上先生にあげるので、秀《ひで》吉《よし》を僕の嫁《よめ》に下さい』といったお手紙もありました。僕はもう社会人になって六年にもなりますが、ここまで理不尽《りふじん》な取引は初めて見ます。

それでは、次のお手紙。こちらは男女問わず、結構な数の方から頂いた質問です。

『〝総受け〟って何ですか？』

井上堅二、最大のピンチ訪れる。

これは……なんという苦行《くぎょう》……っ！　まさか『ご両親に質問なんてしないと約束して下さい』と書いたことが、こんなところで自分を苦しめるとは……っ！

そうですよね……。わからないと気になるのに、質問禁止なんて書かれたら、それはもうあとは書いた本人に聞くくらいしかないですよね……。

ええと、説明しますと……なんというか、理科でいうと、リトマス試験紙というものがあるじゃないですか。相手の液体の性質によって色を変えるっていうアレ。アレに喩《たと》えると、他の試験紙は相手によって色が変わるのに、そいつだけは相手がどんな性質であろうとも、いつも同じ色を示すというかなんというか——え？　なんですかこれ？　僕に対する神様からの罰《ばつ》ですか？　神様……。明日からは真面目《まじめ》に生きていきますので、どうか罰当たりな僕をお許し下さい……。

なんだか、小さな子に『赤ちゃんはどこから来るの？』と尋ねられた時のような気分です。わかるべき時が来たらわかりますので、よい子の皆さんは今はそのことは忘れておきましょうね？

　さてさて。それではお次のお手紙です。こちらは将来小説家を目指しているという方から沢山頂いた質問になります。


『テストの珍解答はどうやって考えていますか？』

『バカテスのようなストーリーを考えるコツはなんですか？』

『どんな時にテストの珍解答を思いつくのですか？』


　などなど。こういった〃話を考える方法〃というものは人によって違うと思いますが、僕の場合は実体験が含まれていることが多いです。

　例えば、海外の仕事のやり取りをした時のことですが。

　会議の最中、上司が海外での設計についての問題点や顧客《こきゃく》から寄せられたクレームなどを説明していました。その内容は、海外でのお話なので当然英語で書かれています。上司の説明に、聞いている皆は真面目な顔で頷《うなず》いていました。

　すると、その内容の中に、僕の設計が関係するものが出てきました。上司は僕の方を向き、質問をしてくるわけです。

上司『井上。これについての対策の仕様は、次の設計には盛り込んであるのか？』

そう言って上司が指し示すのは、英語で書かれた海外の市場調査レポートの一文。心の準備が出来ていなかったので突然の指名で焦《あせ》りましたが、こういう時は慌てて立ち上がって説明すると、上司に無用な不信感を抱かせてしまいます。そんな事態を招かないためにも、指名された僕は慌てずゆっくり立ち上がり、上司の質問に答えるためにもう一度じっくりその海外レポートを読みました。

僕（……何度読んでも、〝This〟以外何が書いてあるのかさっぱりわからん……）

こういった実体験から、『訳せたのは〝This〟だけですか』というバカテストが出来上がるわけです。世の中、何が自分のためになるのかわかりませんね。読者の皆様も、人生経験に無駄というものはありませんので、色々やってみると良いかと思います。

ちなみに、先の質問に対しては一緒に書かれている数式と図面から内容を読み取り、なんとか切り抜けることができました。先輩曰く、設計の仕事で重要なのは〝はったりの利かせ方〟だとか。先輩。今のところはうまくいってますが、そのうちこのやり方は痛い目を見る気がして仕方がないです。読者の皆様は将来こんな大人にならないためにも、きちんと英語の勉強をしておいた方が宜しいかと思われます。

尚、実体験が多いとは言っても、恋愛部分、試験召喚システム、女装、同性愛については完全な創作になります。特に最後の二つ。あれが実体験だったら、僕はどれだけ壮絶な人生を歩んでいることになるのやら……。

さてさて。気が付けば随分とページ数がなくなってきてしまいました。本当はもっと沢山ご紹介したいお手紙があるのですが、それはまたの機会ということで。送って下さった皆様、本当にありがとうございます。

ここから先は、本編の内容についてちょっと触れていきたいと思います。未読の方は一旦ここでお別れになります。

先の『バカテストの作り方』でも書きましたが、作中に出てくる隠《かく》し球《だま》の時の秀吉のお風呂発言。これも実体験だったりします。とは言っても何か特別な体験というわけでもなく、僕が実際に友達と草野球をやった時の話というだけですが。作戦を練っているような、真剣な表情をして「風呂入りたいな」「そうだな」なんてやり取りをしていました。なので、僕の中では『隠し球＝《イコール》風呂の話』みたいになっているのですが、実際に他の人たちがやっている時はどうなんでしょう？　もっと真面目な話をしているんでしょうか。そもそも隠し球自体、あまりやる人はいないと思いますが。

本編に出てくる配球や作戦などは、真に受けてよそで話をすると恥《はじ》をかくことになりますので、その辺はどうかご容赦《ようしゃ》を。まぁこれは、野球の内容に限らずテスト問題などの全てにおいても言えることなのですが……。本当に、色々とミスが多くてすいません……。


それではそろそろ、恒例の謝辞にさせて頂きましょう。

イラストの葉賀《はが》さん。今回の表紙、ラフを見ただけで狂喜乱舞《きょうきらんぶ》してしまいました。瑞《みず》希《き》が凄く可愛いです！　流石《さすが》はメイン（？）ヒロイン！　ラストシーンの瑞希と翔子《しょうこ》も大好きです。他にも『あーん』のシーンとか（笑）。毎巻毎巻、可愛くて格好良いイラストをありがとうございます。

デザイナーのかがやさん。巻が進むにつれて仕事量が増え、時間が減り、本当に申し訳ありません……。色々と大変な作業が増えてしまいましたが、なにとぞ今後とも宜しくお願い致します。

担当編集のK様とN様。『犯人はにぎりめし』の部分とか、我《わ》が儘《まま》が多くてごめんなさい。これからも字体や図を使った遊びの部分があるとは思いますが、どうかご容赦下さい。締め切りについては、なんとか守れるように頑張《がんば》ります。

アニメやコミックなどの関係者の皆様。皆様のおかげでバカテスの世界が大きく広がりました。僕にはない発想で様々なエンターテイメントを作り上げて頂けて、本当にありがとうございます。知らない世界の勉強にもなり、とても楽しいです。

そして何より、読者の皆様！　通算で九冊にもなりますが、ここまでお付き合い頂けて凄く嬉しいです！　皆様のご声援のおかげで、バカテスはこうして続けることができています。どこまでいけるかわかりませんが、あともうしばらくのお付き合いを宜しくお願い致します。お手紙やハガキやメールを下さった皆様、お返事ができなくてごめんなさい。頂いたお便りは全て読んで、元気の源《みなもと》にさせて頂いております。応援ありがとうございます。これからも頑張ります！


ではでは、最後に次回予告でも。

次はまた短編集になりそうです。内容としては『男を懸けた脱衣トランプ対決』や『いつものメンバーで贈る闇鍋《やみなべ》の会』、他、などの予定です。あくまでも予定なので、色々と変更が入るかもしれませんけど……。変わってしまったらごめんなさい。今度はあまり時間を置かずにお届けできるかと思いますので、宜しければまたお付き合い下さい。

それでは、またバカテスの舞台でお会いしましょう。

# ATOGAKI

自分の学校では部活対抗仮装リレーなんてものがありましたが、今もやってるのかな？

今の時代だと，メイド服だのネコ耳だのやってるかもしれない…なとと考えながら姫路さんにやってもらいました。

**■ご意見、ご感想をお寄せください。**

ファンレターの宛て先
〒102-8431東京都千代田区三番町6-1
株式会社エンターブレイン ファミ通文庫編集部
井上堅二 先生
葉賀ユイ 先生

**■ファミ通文庫の最新情報はこちらで。**

FBonline
**http://www.enterbrain.co.jp/fb/**

**■本書の内容・不良交換についてのお問い合わせ。**

エンターブレイン カスタマーサポート **0570-060-555**
(受付時間 土日祝日を除く 12:00〜17:00)
メールアドレス：**support@ml.enterbrain.co.jp**


ファミ通文庫

バカとテストと召喚獣《しょうかんじゅう》7

二〇一〇年一月七日 初版発行
二〇一〇年六月四日 第八刷発行

著者 井上堅二《いのうえけんじ》
発行人 浜村弘一
編集人 森 好正
発行所 株式会社エンターブレイン
〒一〇二-八四三一 東京都千代田区三番町六-一
電話 〇五七〇-〇六〇-五五五(代表)
発売元 株式会社角川グループパブリッシング
〒一〇二-八一七七 東京都千代田区富士見二-一三-三
編集 ファミ通文庫編集部
担当 長島敏介/川崎拓也
デザイン かがやひろし
写植・製版 株式会社ワイズファクトリー
印刷 凸版印刷株式会社

定価はカバーに表示してあります。

い3
1-9
912



ISBN978-4-04-726195-2

# コラボアンソロジー2
# “文学少女”はガーゴイルとバカの階段を昇る

著者／野村美月ほか
イラスト／葉賀ユイほか

既刊　コラボアンソロジー1　狂乱家族日記

**ウワサのコラボ集第2弾！**

文庫化希望の声が高かった『“文学少女”と乙女に集う召喚獣』、『天栗浜のガーゴイル』、『バカと階段と召喚獣』の3編にFBonline上で先行公開された『“文学少女”と殺された莫迦《フール》』、さらに書き下ろしの『“文学少女”とやってきた走者《ランナー》』&—extra episode—を加えた夢のコラボ集第2弾!!